Daniela Noitz

Der Pilgerweg

Eine Adventreise

Impressum:
Der Pilgerweg – Eine Adventreise
Copyright @ 2015
Daniela Noitz
daniela.noitz@a1.net
www.nachtgedanken.at
www.die-erzaehlerin.blogspot.co.at

Herstellung und Verlag:
BoD - Books on Demand,
Norderstedt

ISBN l9783738653595

Hinführung	5
1. Tag: Lebendige Erfahrung	9
2. Tag: Beim Namen nennen	13
3. Tag: Zeugen der Vergangenheit	17
4. Immer mehr ...	21
5. Vorrang für das Leben	25
6. Tag: Der Sinn ist in sich selbst	29
7.Tag: Woher wir kommen ...	33
8. Tag: Offenheit zulassen	37
9. Tag: Die Ferne ruft	41
10. Tag: Knoten – binden und lösen	45
11. Tag: Wir und die anderen	49
12. Tag: Hat es denn Sinn?	53
13. Tag: Außerhalb und doch mitten drinnen	57
14. Tag: Land voll Sanftmut	61
15. Tag: Carpe diem!	65
16. Tag: In der Hand zu haben	69
17. Tag: Ich gebe Dich frei	73
18. Tag: Besitz macht unfrei	76
19. Tag: Alles hat seine Zeit	80
20. Tag: Hab acht auf Deine Worte	84
21. Tag: Die vielen Gesichter der Freude	88
22. Tag: Das Glück, das uns zuteil wird	92

23. Tag: Wie ein Sonnenstrahl durch die Wolken ... 95

24. Tag: Wunder geschehen 99

Hinführung

24 Menschen hatten sich aufgemacht um einen Pilgerweg gemeinsam zu bewältigen, einen Pilgerweg nach Weihnachten, einen Pilgerweg durch den Advent. Bewusst hatten sie sich abgewandt von all den Anforderungen, die die Vorweihnachtszeit so mit sich bringt, bewusst dem Konsumterror und dem Vorbereitungswahnsinn entzogen, vielleicht auch ein wenig der Verantwortung, die einem mit dem nahenden, hohen Fest auferlegt wurde. Doch war es wirklich das, was dieses Fest ausmachte? Sollte es das sein? Vielleicht war es auch der Wunsch den eigentlichen Sinn dieses Festes neu zu erschließen.

Für den einen oder anderen unter ihnen fühlte es sich doch ein wenig so an, als würde er sich aus dem Staub machen und sich entziehen. Es war wohl auch ein wenig die Sehnsucht nach dem Authentischen, die sie hinaustrieb, fernab der Heimat zu sein, was immer dieses Authentische auch sein mochte. Sie wussten nur, dass es nicht im Trubel und nicht in der Geschäftigkeit, nicht in der Übertriebenheit und Unruhe liegen konnte. Das war wohl einer der Wünsche, die die Reisenden vereinte, die bunt zusammengewürfelt, Frauen und Männer, die einen noch nicht weit fortgeschritten auf ihrem

Lebensweg, die anderen bereits mit einem großen Fundus an Lebensweisheit durch die gelebten Jahre ausgestattet, aus den verschiedensten Teilen des selben Landes stammend, mit Zug, Schiff und Bus die weit entfernte südwestliche Küste Irlands erreicht hatten.

24 unterschiedlichste Menschen, bunt zusammengewürfelt, standen am Anfang dieses Pilgerweges, eines Weges durch die Fremde, beginnend in Glengarriff, einem kleinen, malerischen Ort an der Bantry Bay, der aufgrund seiner Lage die exotischsten Pflanzen beherbergte um an dessen Endziel den Mount Brandon zu erreichen, den heiligen Berg, grün, doch karg und sparsam, zwischen Grasbüscheln und Felsen, von der Üppigkeit in die Kargheit, vom Übermäßigen in die Schlichtheit.

24 Menschen, die sich gemeinsam in die Fremde begaben um ihre Gedanken und ihr Herz zu weiten, hinzufinden zum Eigentlichen, mitzuschwingen mit der Natur, mit der Schöpfung im lebendigen Tempo des Gehens, das sich dem Herzschlag anpasst.

24 Menschen in all ihrer Verschiedenheit, die zunächst nichts zu verbinden schien, als die

gemeinsame Anreise, der gemeinsame Weg und das gemeinsame Ziel.

24 Menschen, die sich allesamt in ihrem kleinen, vertrauten Leben eingerichtet hatten, die sich wohl fühlten und geborgen, und es dennoch auf sich nahmen diese Wohligkeit und Geborgenheit hinter sich zu lassen, gerade im Advent, wo immer alle von zu Hause und Familie schwärmen, gerade zu Weihnachten, denn trotz alles Wohlbefindens ahnten sie von einer Brüchigkeit in ihrem Leben, die sie aufspüren und glätten wollten. Und wenn nun Advent wirklich Ankunft bedeutet, so bezieht sich dies wohl auf die nahende Ankunft des Erlösers, doch es bedeutet auch sich selbst in Bewegung zu setzen, mit anzukommen.

Und ganz gleich wo der Ort sein wird, es wird eine gemeinsame, eine dialogische Ankunft sein, dialogischer Adventus. Nicht im Stillstand, im Miteinander geschieht es und erhält Bedeutung, denn der Mensch ist nicht nur Herz und Seele, sondern auch Körper, in dem sich die Bewegung der Seele spiegelt und diese nach außen trägt, die Welt ein klein wenig zu verändern. Auch erwartend, aber aufbrechend erwartend, auch empfangend, aber gebend empfangend, auch beherbergend, aber bereitend beherbergend.

24 Menschen haben sich gemeinsam in die Fremde begeben um Heimat neu zu finden, indem sie gemeinsam einen Weg gehen.

1. Tag: Lebendige Erfahrung

Und sie machten sich auf an diesem ersten Tag des Advents. Frühmorgens machten sie sich auf, diese 24 Menschen, die das Schicksal, der Zufall, eine Fügung zusammengeführt hatte, wenn man schon unbedingt eine Bezeichnung dafür finden möchte, was man aber nicht muss. Darauf wird wohl immer wieder vergessen, dass man eine Bezeichnung finden kann, aber es nicht unbedingt erforderlich ist. Man kann sich nach draußen begeben, kann etwas sehen, entdecken und es beim Ansehen belassen, ohne es in Worte zu kleiden. Will man diese Erfahrung weitergeben, ja dann ist es wohl notwendig, das passende Wort. Dann ist es unumgänglich es zu suchen und die Erfahrung auf dieses eine einzige Wort zu begrenzen, begrenzen, da die Erfahrung damit in ein vorbestimmtes, mit dem Wort verbundenes Bild gepresst wird. Und selbst da hat jeder ein anderes Bild zu dem Wort. Vielleicht hätte der Angesprochene ein ganz anderes Wort dafür gefunden, das einem selbst nicht in den Sinn gekommen wäre.

„Komm, sieh es Dir mit mir an", wäre die richtige Aufforderung, wäre die Ermöglichung einer gemeinsamen Erfahrung, die trotz der Gemeinsamkeit eine je eigene bleiben kann.

„Gib mir die Hand und entdecke das Entdecken mit mir, geh mit mir in die Erfahrung", wäre der Weg in die Authentizität, wäre ein Miteinander, den diese 24 Menschen zu gehen beginnen, als sie an diesem Morgen hinaus auf die Straße treten.

Es ist noch früh am Morgen. Der Tag hat die Nacht gerade eben erst abgelegt und tastet sich langsam und zaghaft in die Helligkeit. Wolkenverhangen ist der Himmel und ein feuchter, wirbelnder Nebel hängt in der Luft. Noch einmal halten sie inne, noch einen Blick auf die Türe der Unterkunft, die sich hinter ihnen schließt, noch einen Blick aufeinander, stumme Frage nach der Bereitschaft den Anfang zu wagen, und zuletzt der Blick nach vorne, dem nun endlich der erste Schritt folgt.

Wortlos, doch voller Erwartungen sind diese ersten Schritte, immer weiter hinaus in die Fremde, in das Unbekannte. Schritt um Schritt, die Türe endgültig hinter sich lassend und den Blick nach vorne gerichtet, bereit zu empfangen, was auch immer sich ihnen auf diesem Weg eröffnen würde, sehend mit den eigenen Augen und nicht durch die Begrenzung einer Kamera, nicht versuchend festzuhalten, außer im Bild des inneren, lebendigen Erlebens, den Moment sich eröffnend, sich entfaltend und wieder vergehend sehen, Moment um Moment, nichts weiter, und doch im tiefsten Sinne lebendig, gehend, im Gleichklang mit dem Herzschlag sich bewegend, zielstrebig, doch ohne Fixierung, annehmend ohne abgedrängt zu werden, vorwärts gerichtet ohne bedrängt zu werden.

Spüren, den Herzschlag.
Spüren, den Atem.
Spüren, den Puls des Lebens.

24 Menschen, kunterbunt zusammengewürfelt, doch gemeinsam aufbrechend, gemeinsam erfahrend, ohne die Erfahrung für sich oder die anderen begrenzen zu wollen. Zu sehen, das eigene Bild, sich erzählen zu lassen, die Bilder der anderen, das eigene durch noch nicht Entdecktes zu ergänzen, die anderen durch eigene Entdeckungen zu erweitern, so dass sich der Schleier, den der Nebel zu Anfang bildet, wie von selbst hebt, mit jedem Schritt den sie tun, hinaus aus dem Ort, entlang an der zerklüfteten Küste.

Offenheit und Bereitschaft für den Weg, für einander, und es ist das Erste, das sie im Miteinander des Weges finden, das Erste, das sich ihnen öffnet.

Erfahrung ist als lebendige eine unbeschreibliche, doch im Miteinander eine Erweiterung auf eine Du-Erfahrung hin.

24 Menschen, kunterbunt zusammengewürfelt, werden Schritt um Schritt zu einem lebendigen Wir, gerade weil sie das Kunterbunt nicht ablegen, sondern es verweben zu einem leuchtenden Patchwork, in dem die Verschiedenheit und die Einzigartigkeit als Bereicherung aller gesehen werden kann.

„Und was ich finde ist die Lebendigkeit in der Erfahrung", fasst Du zusammen, als der erste der Pilger.
Bis sie Adrigola erreichen.
Der erste Tag.

2. Tag: Beim Namen nennen

Adrigola, ein kleiner, verschlafener Ort, nichts weiter als ein paar Häuser in einer Zeile, ruhig und gemütlich. Wieder treten diese 24 Menschen vor eine Türe. Wieder schließt sie sich hinter ihnen. Eine sanfte Brise weht ihnen vom Meer her zu und leichter Nieselregen ermuntert sie mehr, als dass er sie verschrecken könnte. Bedächtig und doch zielstrebig machen sie sich auf den Weg. Kurz darauf haben sie die Häuser hinter sich gelassen und ihre noch schlafenden Bewohner, treten hinaus aufs freie Feld und folgen dem Weg, zunächst die Küste entlang, um dann ein wenig mehr ins Land hineinzugehen, den Hungry Hill zu ersteigen. Nachhaltig sind sie in ihrem Fortkommen und nachhaltig bleibt der Regen, auch wenn er sanft ist. Er begleitet sie, und sie nehmen es hin wie die Steine auf dem Weg und die Schafe auf der Weide. Es gibt nichts zu beanstanden, nur die Tatsachen, die sind wie sie eben sind.

24 Menschen, die sich in die Fremde als Fremde aufgemacht haben, finden sich im Gespräch, tauschen Gedanken und Erfahrungen, Erleben und Erträumen, Glück und Schmerz aus, finden zueinander, gehen auseinander, um mit einem anderen fortzufahren. Immer wieder gruppieren sie sich neu, ohne Einschränkung, ohne sich auf

irgendjemanden zu fixieren oder jemand anderen auszuschließen. Sie lernen sich kennen, immer ein wenig mehr, während sie den beschwerlichen Aufstieg auf sich nehmen. Vorsichtig und sich gegenseitig die Hand reichend, wo es notwendig ist. Es gibt nichts zu beanstanden, nur die Tatsachen, die sind wie sie eben sind.

24 Menschen, die beginnen sich in der Fremde zurechtzufinden, ohne sie in einem Schwung erobern zu wollen, sondern sich offenen Auges und offenen Herzens annähern, dem Ungekannten und noch Unbenannten.

Die Menschen, die dort wohnten, vor langer Zeit, haben Namen vergeben, den Orten, an denen sie sich ansiedelten, den Bergen, die sich erheben und den Tälern und den Flüssen und den Seen, gaben ihnen Namen und machten sich die Umgebung vertraut, so dass sie darüber reden konnten und jeder wusste was gemeint war, doch diese 24 Menschen, die aus der Fremde als Fremde hierherkamen, lernen diese Namen neu. Immer wieder sehen sie auf die Karte, von der Karte auf und sagen sich die Namen vor, die die Dinge bezeichnen, die sie umgeben, um sich langsam mit ihnen vertraut zu machen. Im Gedanken wiederholen sie sie, um sie sich einzuprägen. In ihren Gedanken und in ihren Herzen.

Vertraut machen, das Bild mit dem Namen abzugleichen, und das Bild im Äußeren mit dem im Inneren in Einklang bringend. Dein Bild ist nicht das Bild, das ich sehe, und mein Bild ist nicht das Bild, das ich sehe, aber wir können es benennen und es entstehen Bilder in uns, die wir beide sahen, alle 24 sahen auf ihrem Gang nach Weihnachten, und wir können uns austauschen über diese Bilder und zu einem weiten Ganzen werden lassen, ohne die Brüche zu verleugnen, ohne im Kollektiv unterzugehen.

Ich sehe Dich und Du siehst mich. Ich nenne Dich beim Namen und Du nennst mich beim Namen, und mit dem Namen und dem Erzählen schenken wir uns ein Bild voneinander, das mit jedem Wort, jeder Geste um einen Pinselstrich erweitert, immer vielfältiger und bunter wird. Wo wir vorurteilsfrei erkennen, da ist es nicht, dass wir einfach nur eine realistische Fotografie machen, sondern wir lassen uns ein und lassen das Bild wie ein Gemälde wachsen und reifen, wie ein Ölgemälde, bei dem wir genügend Zeit schenken die Farben sich entfalten zu lassen.

„Wir haben die Dinge benannt und uns. Wir haben uns ansprechend angenommen", fasst Du zusammen, als die zweite der Pilger.
Bis wir Castletownbere erreichen.
Der zweite Tag.

3. Tag: Zeugen der Vergangenheit

Die Nacht ging und der Morgen kam. Mit dem Morgen kam das Licht und tauchte die Landschaft in Sichtbarkeit. Hügel und Täler und Häuser und Straßen wurden unterscheidbar. Castletownbere war noch nicht erwacht. Es war noch zu früh für irische Gewohnheiten, doch die Pilger mögen die Stille und die Abgeschiedenheit. Und so machten sie sich auf den Weg.

Frisch war die Luft, doch es lag schon die kommende Wärme des Tages in ihr. Wohl war es Winter, doch der Winter zeigt sich hier nicht nur unbarmherzig. Mit Stürmen vom Meer, doch auch sanft und gütig. So gingen sie aus dem Ort und die Landschaft war wie in Vorzeit. Grüne Weideflächen, die von Schafen bevölkert waren, abgegrenzt voneinander durch niedrige Steinmauern. So hatte es wohl auch schon vor 100 und nochmals 100 Jahren hier ausgesehen. Außerhalb der Ortschaften wusste man nicht mehr zu bestimmen in welchem Jahrhundert man sich wohl befand. Als wäre die Zeit stillgestanden. Genauso hätte sie zurückgedreht werden können, ohne dass man es bemerkte oder nach vorne.

Die Landschaft bleibt sich treu, damals und jetzt und später. Die Schafe grasen und die Bäche fließen und das Gras wächst, wenn die Sonne scheint und wenn der Regen fällt und wenn der Sturm darüber peitscht. Sie scharen sich zusammen, in einen Unterschlupf, so wie die Menschen, wenn der Sturm tobt. Wie ähnlich die Schafe den Menschen doch sind.

Bald schon erreichten die Pilger den Steinkreis von Derreenataggart, acht Steine in einem Kreis, rund um einen liegenden in der Mitte. Jahrtausende war es her, dass Menschen sie hier in dieser Anordnung platziert hatten und seit Jahrtausenden gingen zwischen um sie herum, zwischen ihnen hindurch. Was auch immer sie damals, zur Zeit der Aufstellung für einen Sinn gehabt hatten, er ist verloren gegangen und es ist an uns ihn neu zu finden, und wenn es nur der ist, dass man sich einfindend, den Kreis betritt durch das Portal im Südwesten, so dass man eintritt wie durch eine Pforte in eine andere Zeit. Eine Einladung an die Menschen aus jeder Zeit.

„Wer bist Du?", wandtest Du Dich, als der dritte Pilger, scheinbar an den Stein. Zumindest schien es so, denn im ersten Moment war nichts auszumachen als dieser Stein. Verwunderte Blicke suchten den Stein ab.

„Ich bin Du", antwortete eine zarte, verängstigt wirkende Stimme, und als sie nun genauer hinsahen, kauerte am Fuß des Steines ein kleines Kind.
„Aber das kann nicht sein, ich bin alt und Du bist so jung", hörten wir Dich, den dritten Pilger, entgegnen.
„Ich werde geschlagen, ausgestoßen, verletzt und gedemütigt. Du hast mich unter vielen Steinen begraben, weil Du den Schmerz nicht mehr fühlen wolltest, weil es zu weh tat. Du bist das verletzte Kind, aber niemand spricht darüber. Es war normal, damals, und nicht nur damals", sagte das Kind tonlos.
„Ich hatte nie die Kraft Dich anzunehmen, mich selbst anzunehmen, mit meinen Wunden. Ich hatte mich dankbar zu zeigen, wo ich geschlagen wurde und ausgestoßen und verletzt und gedemütigt, und so habe ich Dich weggesperrt. Wollte mit Dir nichts zu tun haben, wollte mit mir nichts zu tun haben. Hätte ich doch wütend werden müssen auf die, die mir das angetan haben, Dir angetan", erwidertest Du, der dritte Pilger, doch dann besannst Du Dich, reichtest dem Kind die Hand.
„Es ist der rechte Ort, die rechte Zeit sich auszusöhnen. Auch Du bist ein Teil von mir, und ich will Dich annehmen, will mich annehmen", sprachst Du, der dritte Pilger, und das Kind

reichte Dir die Hand und ging mit Dir, und es war, als wären sie eins.
Bis nach Allihies.
Der dritte Tag.

4. Immer mehr ...

Und wir verbrachten die Nacht in Allihies. Still sind die Nächte, wenn sie erfüllt sind vom Schlaf, der Erholung bringt und von Träumen, die beruhigen.

Still sind die Nächte, wenn die Dunkelheit nicht mehr Bedrohung sondern Unterschlupf bedeutet, Ummantelung und Geborgenheit. Still sind die Nächte, wenn sie die Einfachheit gewähren, die sie bedeuten.

Aufwachen, aufstehen, heraustreten aus der Geborgenheit und dem Geheimnis und der Türe. Unübersehbar erhebt sich das ehemalige Förderhaus der Kupferminen über dem Ort am Berg. Stummer Zeuge ehemaliger Ausbeutung. Während wir den Pfad folgen, der uns zu dem Förderhaus führt, erheben sie sich schemenhaft, die Männer, die im Berg schufteten für einen Hungerlohn, während die reichen Bergwerksbesitzer beim Frühstück saßen. Ihr Leben riskierten die Bergleute im Stollen, und doch reichte der Verdienst kaum um die Kinder satt zu bekommen. Frauen bestellten den Kartoffelacker hinter dem Haus. Kinder liefen herum. Die Kleider in Fetzen gerissen. Die Mutter flickte. Doch irgendwann lässt es sich nicht mehr flicken. Irgendwann sind so viele

Flicken am Kleidungsstück, dass da eigentlich kein Kleidungsstück mehr ist.

Irgendwann sind so viele Flicken aus Kompromissen über unsere Begegnung, über unseren Bezug zueinander gepflastert, dass von diesem Bezug nichts mehr sichtbar ist. Doch wenn man es wechselt, das Antlitz der Begegnung, wenn man sie neu werden lässt, mutig und wohl auch ein wenig eigensinnig, festhaltend an dem, was es einmal war und wieder sein könnte.

Und wenn die Bergleute sich erheben und die Eigentümer vertreiben, von ihrem hohen Ross und ihrem übervollen Frühstückstisch, aus der Bequemlichkeit inmitten einem Heer von Dienern, wenn man ihnen das wegnimmt, was eigentlich Gemeineigentum sein sollte, dann stehen die Wohlhabenden dieser Welt auf und schreien Anarchie. Und die Staatsgewalt stellt sich auf die Seite der Besitzenden, denn von diesen werden sie bezahlt, und so wird der Aufstand niedergerungen, schmerzhaft. Frauen, die ihre Männer verlieren. Kinder, die ihre Väter verlieren. Ausgeliefert dem Hungertod.

Doch wenn sie stillschweigend die Arbeit niederlegen. Wenn sie nach Hause gehen, ihr eigenes Land bewirtschaften und von dem

Leben, was ihr Land ihnen zu bieten hat, wenn die Minenbesitzer keine Arbeitskräfte mehr haben, dann gibt es doch keine Handhabe gegen sie. Sie können sie nicht zurückholen, und die Menschen sind wieder frei, auf ihrem eigenen Grund, ihrem eigenen Land, wenn sie ihr eigenes Saatgut ausbringen und die Arbeit ihrer Hände ihnen das Überleben sichert.

Befreiung aus Unterdrückung muss nicht Krieg sein. Befreiung aus Unterdrückung kann auch aus Stillschweigen bestehen. Rückzug zu den eigenen Fähigkeiten und Fertigkeiten, und so verfielen die Minen und das Förderhaus, weil niemand mehr da war, den man ausbeuten konnte, und die Minenbesitzer konnten ihre eigenen Minen nicht bewirtschaften, weil sie die Arbeit nicht tun konnten und nicht mehr aus ihren Sesseln hochkamen, in denen sie sich fettgefressen hatten, und es wurde ruhig im Land, und die Ausbeuter zogen weiter.

Überall auf der Welt finden sie sich, doch nicht mehr hier. Die Tatkraft hat überzeugt. Vielleicht war es ein Gang ins Ungewisse.
„Wir haben wieder genug zu essen", verkündet ein kleines Mädchen, das auf die vierte Pilgerin zuläuft.

„Und wir haben wieder was zum Anziehen, das uns wärmt und schützt", sagt ein zweites Mädchen zu ihr.
„Und unsere Mama muss nicht mehr weinen, weil das Baby friert", ergänzt ein Junge, und die Pilgerin schließt sie in die Arme.
„Es ist gut sein Leben leben zu können, genug zu haben von dem, was man zum Leben braucht, und doch nicht immer mehr zu wollen", erwidert sie, während sie die Kinder in die Arme schließt, sie entlässt in ihr Leben, und das Bild zerfließt, und der Weg führt den Berg wieder hinunter.
Bis nach Dursey Island.
Der vierte Tag.

5. Vorrang für das Leben

Manchmal ist es gut zu verweilen. Vielleicht ein paar Tage, vielleicht nur einen Tag, vielleicht nur eine Stunde, oder gar nur einen Moment, doch egal wie lange diese Zeitspanne sein mag, diese zu verweilen, das ist es, in ihr zu bleiben, zu sehen, zu atmen, zu spüren, zu leben und sich nicht abzuwenden, nicht nach links, nicht nach rechts, nicht nach vorne, nicht nach hinten.

Angekommen bei den Dursey Islands. Das Meer brandete ruhig und ungerührt. Der Geruch nach Salz und Weite lag in der Luft. Seit aller Ewigkeit brandete das Meer. In alle Ewigkeit wird es branden, so zumindest die Sicht aus der Perspektive eines kleinen, kurzen Menschenlebens.

Alles was größer ist als wir selbst, erscheint uns imposant. Wie imposant muss dann erst das Meer erscheinen. Doch das Meer, das rührt es nicht. Die Menschen an der Küste wechselten. Sie wurden geboren, lebten und starben, durften bleiben oder wurden von anderen Menschen vertrieben. Was hatte das alles mit dem Meer zu schaffen?

Es war viel zu unbedeutend, und es blieb sich gleich, immer blieb es sich gleich. Vielleicht mal stürmischer, dann wieder ruhig, aber letztendlich immer gleich, ohne Rücksicht auf irgendetwas, nahm den Raum ein, den es brauchte.

An diesem Morgen war es ruhig. Sanft waren die Wellen, und es machte den Anschein, als wäre es immer so. Der Mensch denkt sich die Welt so, dass sie immer so bleiben muss, wie sie ihm gerade eben erscheint, und dann ändert sich das Antlitz. Ein Sturm zieht auf oder Kälte oder etwas anderes Unangenehmes, und die Menschen bekommen große Augen, wie die kleinen Kinder, als wäre es nicht möglich, dass es anders ist, als eben gerade jetzt, und sie fügen sich oder hadern mit dem Schicksal, je nach Temperament und wohl auch Grad an Narzissmus, doch dem Meer ist es egal. Es nimmt weder den Menschen noch irgendein Getier noch sich selbst wichtig.

So warteten wir geduldig am Anlegeplatz der Seilbahn, die uns auf Dursey Island bringen sollte. Sechs Menschen hatten darin Platz, oder sechs Schafe oder eine Kuh. Doch nicht in dieser Reihenfolge. Die Schafe oder die Kuh hatten Vorrang. Die Tiere waren notwendig für das Überleben. Die Touristen nicht so sehr, offenbar. Doch jeder kam an die Reihe, und in schwindelnder Höhe trug uns die altgediente

Seilbahn hinüber auf die Insel, die einmal von 350 Menschen bewohnt, und nun beinahe ausgestorben war.

Die Menschen hatten vormals vom Fischfang gelebt, in erster Linie, doch es gab keine Fische mehr, denn es waren zu viele gefangen worden. Letztendlich leidet der Mensch immer selbst unter seinen Versäumnissen. Letztendlich hat er allein die Konsequenzen seines Handelns zu tragen.

„Und als die Fische ausblieben, weil die großen Fangflotten sie abgeerntet hatten, blieb für uns nichts mehr zum Leben", trat ein Fischer vom Ufer auf Dich zu, den fünften Pilger.
„Und was habt ihr getan? Was können wir tun?", fragtest Du, der fünfte Pilger, da es doch zu sehen war, abgemagert war der Fischer.
„Gebt dem Leben den Vorrang. Wenn ein Fisch zehn Jahre braucht um zu wachsen, dann lasst ihn zehn Jahre wachsen, und nehmt nur so viel, dass wieder Fische wachsen können. Lasst Euch nicht unterjochen von Eurer Gier, sondern gebt dem Leben den Vorrang", mahnte der Fischer ein.
„Dem Leben den Vorrang geben, ja, das will ich tun", wiederholtest Du, der fünfte Pilger, und der Fischer wandte sich wieder dem Meer zu und

verschwand, doch das Bild ging mit uns, um die Insel.
Bis nach Allihies.
Der fünfte Tag.

6. Tag: Der Sinn ist in sich selbst

Schlafen – Atmen – Gehen, und sich selbst spüren, das ist alles, und doch etwas, was man oft wieder neu lernen muss, weil es nebenbei läuft, einfach nur nebenbei, und es erst auffällt, wenn es nicht mehr ist, wenn wir uns schlaflos im Bett wälzen, weil uns die Luft ausgeht, weil die Beine uns den Dienst versagen. Die Selbstverständlichkeit wiederfinden.

Und es war an jenem Morgen, dass sich 48 Beine in Bewegung setzten, die frische, klare Luft atmend, die hier noch im Übermaß vorhanden ist, als könnte sie niemals knapp werden, hier in Allihies, dem Ort, der aus der einen, bunten Häuserzeile besteht, und die sie hinter sich ließen, die Pilger.

Wofür ist es gut, was ihr da macht?
Für uns selbst und für unser Leben und um es zu tun.
Aber was bringt es?
Das Leben zu spüren und den eigenen Körper und das Sich Einlassen.
Aber was bringt es materiell?
Wohlbefinden und Kraft und Verstehen.
Also als Kräftigung für die Arbeit, die danach auf sie wartet?

Nein, es steht für sich selbst. Es dient keinem anderen Nutzen, als dem in ihm liegenden.
Also ist es sinnlos?
Es ist sinnvoller als alles andere. Es steht für sich. Es verweist nicht auf etwas anderes.
Aber dann ist es Zeitverschwendung?
Es ist Zeitverschwendung immer etwas für etwas anderes zu tun.
Es ist Zeitverschwendung es nicht zu tun – aber habe ich nicht was Besseres zu tun, als um den Bart des Kaisers zu diskutieren?

Der Sinn in sich selbst, im Gehen, im Spüren, im Sein und im Lassen. Sich gehen lassen und die Welt in ihren Gang lassen.

Sehend, ohne zu vereinnahmen, atmend, ohne sich einzuverleiben, gehend, ohne sich einzuzementieren.

Und so traten sie den Weg an, scheinbar sinnlos, doch manchmal ist es notwendig durch einen engen, dunklen Gang zu kriechen, bevor man die Weite erreicht, das Gewohnte, auch das gewohnte Denken, hinter sich zu lassen, um wieder Authentizität zu erlangen, auch authentisches Fühlen.

So wie sie sich durch die engen Tunnel kriechend hindurchzwängten, im Ringfort von

Dromard um einen unterirdischen Saal zu erreichen, so mussten sie sich durchzwängen durch vorgefasste, ungeschriebene, stumme, doch in ihren Auswirkungen gegen das Leben desto verheerendere Regeln, um zur Freiheit zu gelangen, die da nichts ist als Atmen und Gehen und Sehen und Spüren.

Annahme sein, in einer Welt der Aneignung, ohne in einer Truhe zu verstauen mit all dem anderen Haben, zu erkennen, dass nicht haben, aber erleben einen viel größeren Schatz bedeutet, als alle Reichtümer dieser Welt.

Und in der unterirdischen Halle trat eine alte Frau auf die sechste Pilgerin zu, und reichte ihr die Hand.

„Bleib bei mir, lass mich nicht alleine", flehte sie sie an.
„Ich bin bei Dir, weil wir uns für immer verbunden sind, Mutter, aber Du musst mich gehen lassen um mich annehmen zu können", antwortete sie, die Pilgerin, und es lag das Flehen der Liebe um Verstehen in ihren Worten, Verstehen um etwas, das unserer Welt so fremd geworden ist.
„Ich lasse Dich gehen, weil Du bleibst", antwortete die Mutter, und entließ die Hand der Tochter und nicht ihre Verbindung.

Leichten Schrittes konnte sie weitergehen. Es ist zu wenig, wenn wir uns zu uns selbst freigeben, wenn es die Menschen, denen wir verbunden sind, nicht tun.

„Ich bleibe, weil ich gehe, weil ich wiederkomme, und weil ich immer da bin."
Ein Paradoxon, doch nur scheinbar, und nur zu verstehen, wenn man das Verbindende versteht.
Und sie setzten ihren Weg fort.
Bis nach Ardgroom.
Der sechste Tag.

7.Tag: Woher wir kommen ...

Das Land war zugedeckt, mit einer dichten Nebeldecke, verengte die Sicht und das Erkennen. Es ist schwer zu verstehen, dass es hinter dem Nebel weiter geht. Immer ist es so, als wäre die Welt zu Ende, an der Stelle, an der unser Blick nicht mehr vorankommt.

Doch der Nebel, der das Land bedeckte, als sie aufbrachen, die 24 Pilger in Ardgroom, ihren Weg fortzusetzen, würde sich wieder lichten und den Blick freigeben, würde das Land wieder entstehen lassen und das Erkennen, aber manche Menschen hüllen sich in künstlichen Nebel, um nicht sehen, nicht erkennen zu müssen. Was sie dann nicht sehen, gibt es auch nicht. Was sie nicht erkennen, kann ihnen nichts anhaben. Sie wollen bleiben, inmitten ihres Nebels, um nichts Neues zu erfahren, um ihr enges, allzu enges Weltbild aufrecht erhalten zu können, doch diese Pilger setzten ihren Weg fort.

Auch wenn ihre Augen nicht weiter als bis zur Nebelwand sahen, nicht erkannten was dahinter liegen mochte, so vertrauten sie auf das Kommende, weil sie wussten, dass sie ein Ziel hatten, ein Ziel, das es gab, auch wenn sie es nicht sahen, und umso weiter sie gingen, desto mehr lichtete sich der Nebel und wurde letztlich von einem klaren blauen Himmel abgelöst, der das Land wieder enthüllte. Und hinter dem Nebel trat eine Gestalt, eine kleine, müde wirkende Gestalt auf den siebenten Pilger zu.

Unvermittelt blieb er stehen. Sein Blick ruhte auf der Gestalt, doch er schien nicht zu wissen, wer es war, zunächst. Noch war der Nebel um ihn, noch konnte er nicht daraus hervortreten, doch er wusste unvermittelt, dass die Gestalt ihn anging, dass sie zu seinem Leben gehörte.

„Wer bist Du?", fragte er unvermittelt.
„Ich bin Deine Mutter", sagte die Gestalt, und es war schwer zu glauben, dass er seine eigene Mutter nicht erkannte.
„Aber ich habe Dich ganz anders in Erinnerung", entgegnete der Pilger, doch langsam dämmerte das Erkennen durch den Nebel, auch wenn er es immer noch nicht ganz zulassen wollte.
„Das ist auch nicht verwunderlich, denn ich habe mich verändert. Wir haben uns lange nicht gesehen, doch auch wenn wir uns erst vor Kurzem gesehen hätten, wäre es nicht anders gewesen. Du hast mich und mit mir Deine Herkunft immer verklärt, wolltest die Wahrheit nicht sehen und damit Dich selbst", erklärte die Gestalt, und langsam, ganz langsam wurden die Konturen fester und eindeutiger.

„Allzu lange habe ich mir etwas vorgemacht, und damit auch etwas über mich. Doch ich bin jetzt bereit zu sehen", sagte der Pilger, und damit verschwand der Nebel vollends, so dass die Gestalt an ihn herantreten konnte, ihn bei der Hand zu nehmen.
„Lass mich bei Dir sein, als die, die ich bin, damit Du Dich bei Dir sein lassen kannst, als der, der Du bist", forderte sie unmissverständlich.
Und er nahm sie bei der Hand, so dass sie eins wurden.

All das, was war, war nun in ihm. All das Gute und das Schöne, aber auch die Wut und die Trauer und die Unumgänglichkeit, alles war in ihm, und heilte ihn von der Verlorenheit dessen, der keine Herkunft kennt und nichts von dem sehen will, was er war und was ihn prägte, doch mit dem Sehen geschah die Versöhnung, mit seinem Ausgang und mit seiner Selbst.

Und es hatte nicht weh getan, so wie er befürchtet hatte, während all der Zeit, in der er den Nebel aufrecht hielt um zu verhindern, dass er sah. Ganz im Gegenteil, er fühlte sich ergänzt und geheilt, als hätte er ein Stück von sich wiedergefunden, das immer gefehlt hatte.

Um diesen einen Schmerz, den vermeintlichen, zu vermeiden, hatte er es auf sich genommen

über all die Jahre einen anderen Schmerz mit sich zu tragen, den der eigenen Verlorenheit und der Halbheit, wie er jetzt endlich zu verstehen vermochte. Niemals wieder würde der Nebel in seinem Leben eine Chance haben seinen Blick zu trüben, und selbst, wenn er wiederkäme, würde er mutig durch ihn hindurchgehen, weil das Erkennen nicht Schmerz, sondern Versöhnung bringt, weil das Verstehen einander näher bringt, und in seiner Ganzheit wurde er im Miteinander willkommen geheißen, und ein neues Angenommen-sein durchflutete ihn, warm wie eine vulkanische Quelle.
Während sie auf dem Weg waren.
Bis nach Louragh.
Der siebente Tag.

8. Tag: Offenheit zulassen

Die Sicht war frei und der Himmel mit kleinen Schäfchenwolken bevölkert, als sie aufbrachen, die 24 Pilger, in Louragh, um weiterzugehen. Sie hatten einen fixen Plan, 24 Stationen, so wie sie 24 Pilger waren, so wie der Advent 24 Tage hatte. Diesen Plan hatten sie sich vor ihrer Abreise zurecht gelegt.

Für jeden einzelnen Tag hatten sie ein Ziel, und aus dem Ziel ergab sich der Ort, von dem sie aufbrachen, um das nächste Ziel zu erreiche. Alles war genau bedacht worden. Die Weite des Weges vom Aufbruchsort am Morgen bis zum Zielort am Abend, die Beschaffenheit des Weges, die Höhen und Tiefen, bis zum letzten Tag. Dann wäre der Plan zu Ende, dann würden sie plötzlich planlos sein, doch da würde sich ein neuer finden, für die nächsten Tage, und dann wiederum für weitere Tage. Die Planung bliebe, so dass das Unvorhergesehene so gut wie möglich aus ihrem Leben ausgeschlossen sein würde, dass es keinen Boden fand, bis auf die Unwägbarkeiten, die weder vorherseh- noch planbar waren. Krankheit z.B., oder Tod. Unfall oder Verbrechen, aber die Chance darauf war viel geringer, als die, ihren Plan einhalten zu können. Die Wahrscheinlichkeit wurde bemüht und diente doch nur zur Beruhigung, denn das

Schicksal schert sich wenig um Wahrscheinlichkeiten.

Es passiert, und dann passiert es in Einmaligkeit, auch wenn wir noch so eifrig aufschreiben, noch so sehr Muster zu erkennen versuchen. Natürlich finden sich bei allen Abläufen irgendwelche Muster, doch das macht sie nicht echter.

Echt ist nur das Leben in der Aufeinanderfolge der Ereignisse. Auch wenn ich Tag um Tag plane, und auch, wenn jeder dieser Pläne aufgeht, dann heißt das doch nur, dass ich mein Leben in die engen Grenzen des Gekannten sperre und nichts Unbekanntes zulasse, mich nicht erweitere und nicht wachse. Nur in der Abweichung vom Plan liegt manchmal die Erweiterung und die Möglichkeit selbst mehr zu werden, denn was ich nicht kenne, das kann ich nicht planen. Was ich nicht kenne, wird lieber draußen gelassen, so dass es auch nicht verunsichert. Das Gekannte, das Bewusste bietet Sicherheit, die Sicherheit, die ich mir wünsche, allzu oft, und doch ist es trügerisch, denn es bringt mich letztlich dazu zu verharren, in dem einmal Erreichten, als gäbe es keinen Grund mehr zu werden.

Doch diese 24 Pilger hatten ihren Weg gefunden. Sicher, sie hatten geplant von wo sie weggingen und wo sie ankämen. Für jeden einzelnen dieser 24 Tage hatten sie es geplant, und doch bildete dieser Plan nur einen Rahmen, einen sehr weiten, flexiblen Rahmen innerhalb dessen sie sich bewegten, aber auch Neues kennen lernten.

Auch, wenn der Weg geplant war, so blieb er doch im Konkreten einer, der erst entdeckt werden wollte, indem sie ihn ergingen, und da wo sie sich auf dem Weg befanden, da sprang unversehens ein Mädchen aus dem Dickicht und vor ihnen her. Heiter und beschwingt war die Kleine. Ihre langes, offenes Haar flatterte im Wind, und es hatte seine Freude daran.

„Wer bist Du?", fragte die achte Pilgerin.
„Ich bin Deine Unbeschwertheit, Deine Offenheit für das Neue, Deine Neugierde für das Unbekannte", entgegnete das Mädchen heiter, ohne in der Bewegung innezuhalten.
„Kannst Du nicht ein wenig stillhalten?", konnte sich die Pilgerin nicht verkneifen zu fragen.
„Ich könnte schon", ließ sie das Mädchen wissen, und wie um ihr zu zeigen, dass es der Wahrheit entsprach, hielt sie tatsächlich für einige Momente still, um danach weiter zu hüpfen, „Doch ich will nicht, denn die Bewegung drückt

meine Freude am Leben aus, die Du nicht mehr zulässt, weil alles zu sicher ist."
„Aber man braucht doch die Sicherheit, sonst vergeht alles in Willkür", entgegnete die Pilgerin, doch unvermutet nahm sie das Mädchen an der Hand, und lächelte, und dieses Lächeln, es steckte an, so wie die Bewegung, und so ließ sie es zu, die Heiterkeit und das Staunen, über das Unbekannte, so dass die Sorge verflog. Sicherheit war gegeben, eingebettet, inmitten des Plans und des Miteinander, das auffing, sollte es notwendig sein, so dass die Sinne wach wurden für das Unbekannte und für das Entdecken.
Viel mehr hatten sie gesehen, als es vorher möglich gewesen wären, als sie den Weg gingen, den vorgezeichneten, und doch unbekannten.
Bis nach Kenmare.
Der achte Tag.

9. Tag: Die Ferne ruft

Auch an diesem Tag, als sie aufbrachen in Kenmare, die 24 Pilger, zeigte sich das Wetter von seiner schönsten Seite. Dezemberwetter, ohne Stürme und Regen, nur ein leichter Wind, der die salzige Seeluft zu ihnen trug und die Nase freimachte. So lässt es sich atmen. Ruhig standen sie vor der Unterkunft, warteten, bis alle bereit waren, nur einer war ungeduldig, der neunte Pilger, als hätte er am liebsten gesagt, ob sie nicht endlich gehen könnten, denn sie hätten schließlich ein Ziel zu erreichen, doch er sagte nichts. Nur, als es so weit war, dass sie starteten, setzte er sich sofort an die Spitze und ging vorne weg, als wollte er damit den anderen das Tempo vorgeben, ohne ein Wort und ohne einen Blick nach hinten. Sie würden ihm schon folgen. Und der Weg führte sie durch Kenmare und aus Kenmare hinaus, gingen, bis sie eine Weggabelung erreichten.

Links führte der Weg über sanfte Hügel, und rechts am Meer entlang. Es drängte. Der neunte Pilger mahnte nun wirklich zur Eile, doch sie ließen sich nicht mahnen. Sie wollten da sein, wollten sehen und den Weg wirklich gehen, alle, bis auf den einen, dessen Gedanken bereits beim Ziel waren, und der den Weg an diesem Tag nur als notwendiges Übel sah. Sie entschieden sich für den Weg am Meer entlang, und an einer besonders schönen Stelle, da trat ein kleiner Junge an den neunten Pilger heran, nahm ihn bei der Hand und wies mit der anderen Hand hinaus aufs Meer, auf die Landschaft, die sie umgab.

„Ich muss weiter", sagte er unwillig. Verdutzt sah ihn der Junge an, als hätte er nicht recht verstanden.
„Aber sieh doch nur, wie wunderschön es hier ist", meinte er nun nachdrücklich.
„Ich habe es ja eh längst gesehen, doch ich habe ein Ziel, und das muss ich erreichen. Da kann ich mich nicht aufhalten lassen", erklärte der neunte Pilger.
„Ist das der Grund, warum Du nie gelebt hast, weil Du immer nur in Zielen dachtest und den Weg nicht sahst, und deshalb auch nicht das Ziel anerkennen konntest, weil Du den Weg dorthin nicht gelebt hast, weil Du Dir all das Leben immer weggenommen hast?", fragte der Junge unvermittelt.
„Aber wenn es doch immer so viel zu tun gab", versuchte sich der neunte Pilger zaghaft an einer Erklärung.
„Das ist doch kein Grund auf das Leben zu vergessen, zu vergessen zu sehen und zu leben, wahrzunehmen und sich zu freuen", meinte der Junge. Und tatsächlich hob der neunte Pilger den Blick und es war, als würde ein Erkennen in

seine Augen treten, während er die Landschaft, das ihn umgebende endlich wahrnahm.
„Es ist schön hier", sagte er leise, fast zaghaft, als könnte er es selbst nicht glauben.
„Es ist schön, und Du entdeckst es, weil Du bleibst", erwiderte der Junge.

Und es war, als hätte er ihm das Herz geöffnet und ihm endlich Ruhe geschenkt, nach all den Jahren, in denen er immer nur davongelaufen war, sich verkroch hinter Aufgaben und Plänen und Zielen, die immer nur Wegmarkierungen waren, von einem zum nächsten. Er fand ins Jetzt und zum Wir, denn er nahm nicht nur die Landschaft wahr, sondern auch die Menschen, die mit ihm gingen.

„Es ist ein Glück bleiben zu können, ein Geschenk, eine Gabe", meinte der neunte Pilger, während er immer noch stand, ohne dass ihn die Unruhe erreichte. Auch die anderen blieben mit ihm, und niemand sah es für notwendig zur Eile zu treiben, an das Ziel zu gemahnen, denn es war ein Moment zu bleiben und die Gabe des Bleibens auszukosten, bis sich die Beine wieder in Bewegung setzten, doch sie gingen reicher und beschenkt weiter, am Meer entlang. Es waren noch weitere Momente des Bleibens, und dennoch erreichten sie ihr Ziel, in der Ausgewogenheit, zeitlich am Nachmittag dieses

Tages, aber in ihnen schon viel früher, das Ziel sich auf das Leben einzulassen, zu verweilen, ohne das Gesamte aus den Augen zu verlieren.

Vielleicht ist auch die Getriebenheit eine Sorge, dass das Ziel vergessen werden könnte, dass man vom Weg abweicht und nicht mehr ankommen kann, aber wer weiß, vielleicht hat auch das Vergessen eines Zieles seinen Sinn. Denn womöglich war es nicht das richtige. Und von nun an gemahnte der Junge den neunten Pilger an diese wunderbare Gabe und an das Bleiben. An diesem Tag, aber weit darüber hinaus. Er wollte diese Unbeschwertheit nicht mehr verlieren. Sie folgten dem Weg.
Bis nach Kenmare.
Der neunte Tag.

10. Tag: Knoten – binden und lösen

Über Nacht hatte es eingezogen. Der Himmel war dunkel, als wäre er vom Grimm überzogen, an diesem Morgen, an dem sie in Kenmare aufbrachen. Es wirkte wenig einladend, doch an diesem Tag hatten sie nur einen kurzen Weg zurückzulegen, gerade mal acht Kilometer.

Schweigend legten sie die acht Kilometer zurück, jeder in seinen eigenen Gedanken befangen, die 24 Pilger, jeder für sich. Gefangen im Selbst. Mit der Natur zogen sich die Menschen in sich zurück, tauchten ein und legten sich den Schutz des Eigen-seins wie einen wärmenden Mantel über ihre Schultern.

Schweigend legten sie die acht Kilometer zurück und erreichten das Ziel dieses Tages, Sneem, bereits zu Mittag. Selbst dieser Ort, mit seinen farbenfrohen Häusern, wirkte an diesem Tag trostlos und reserviert, als wollte er ihnen sagen, sie seien nicht willkommen, nicht heute. Vielleicht an einem anderen Tag? Vielleicht.

Niemand war auf der Straße, der es nicht unbedingt musste, außer den 24 Pilgern, und die, die heraußen sein mussten, bahnten sich ihren Weg rasch und mit eingezogenem Kopf.

Die Betrübnis griff in der Gruppe um sich wie eine ansteckende Krankheit, brachte die Düsternis auch in die Gedanken. Obwohl sich der räumliche Abstand zwischen ihnen nicht im Mindesten verändert hatte, war es ihnen doch, als wären sie voneinander abgerückt. Selbst das Nebeneinander wurde zur Ferne, zur Unnahbarkeit.

Nirgendwo können die Menschen weiter voneinander entfernt sein, als dort, wo sie sich in sich zurückziehen. Dorthin gibt es für den anderen keinen Weg, keinen Zugang. Dorthin konnte von außerhalb niemand gelangen. In sich, da konnte man sicher sein, und allein.

Und das Schweigen hielt an, auch während des gemeinsamen Mahls in einem Pub, hielt an, während sie die Straßen des Ortes durchschritten, eines Ortes, der in der Mitte durch einen Fluss in zwei Hälften zerteilt wurde. Es wirkte wie ein Schwerthieb, wie eine Unausweichlichkeit.

An beiden Seiten des Flusses hatten sich Menschen angesiedelt, vielleicht damals unabhängig voneinander, als hätten sie miteinander nichts zu tun. Doch dann bauten sie die Brücke, die die beiden Hälften verbinden sollte, und sie brachten zum Ausdruck, dass es sich trotz der Trennung um einen einzigen Ort handelte, indem sie ihm einen einzigen Namen gaben. Oder es war genau umgekehrt. Zuerst wurde die Brücke gebaut, und dann wandten sich manche nach links, und ließen sich am linken Ufer nieder, und andere wiederum wandten sich nach rechts, um dort ihre Häuser zu bauen, und doch waren sie verbunden, konnten die Seite wechseln und wieder zurückkehren. Und es war der Name, der verband.

Letztendlich war es gleichgültig was zuerst da war, ob der Ort oder die Brücke, denn das Verbindende war gewollt und fand seinen Niederschlag im Namen. Sneem oder An tSnaidhm, wie es im Gälischen hieß, bedeutete so viel wie Knoten. Zwei Ortshälften, wie zwei lose Fäden, die durch die Brücke zusammengeknotet und damit verbunden wurden. Doch es war ein gewollter Knoten, den man binden aber auch wieder lösen konnte, wie man es wollte.

Und während sie auf der Brücke standen, die 24 Pilger, spürten sie die vielen losen Enden der Fäden, die sie selbst waren. Bisher schien es wie selbstverständlich, wie ein Naturgesetz, dass sie sich zu einem Strang gewunden hatten, zu einer Gemeinschaft, doch an diesem Morgen hatte sich jeder aus dem Strang gewunden und hing als einzelner Faden herab. Sie wussten nicht wie es zu Anfang geschehen war, das Zusammenfinden, weil es ganz von selbst geschah, und nun, nun wussten sie nicht mehr, wie es geschehen könnte. Spontan und unbewusst war es gewesen, mit der naiven Spontanität eines Kindes gleichsam, doch sie hatten sich über die Tagesziele entwickelt und wollten wissen, wie es war, das für sich, und wussten nicht mehr um das für uns.

„Lasst uns die Fäden verknoten", schlug die zehnte Pilgerin vor und so zu einem neuen Miteinander finden, einer neuen Qualität des Miteinander, „Denn zunächst war es, als wären wir eine Einheit, doch jetzt ist es wie mit diesem Ort, nur, dass wir 24 Ortsteile haben und sie sind durch Wasserläufe voneinander getrennt. Wenn wir Brücken zueinander bauen, so behält jeder seine Identität, und wir finden doch ins Miteinander.
Und so wurden die losen Enden verknotet.
In Sneem.
Der zehnte Tag.

11. Tag: Wir und die anderen

Gut verpackt in Regenjacken und -hosen, Gamaschen und diversen Kopfbedeckungen, brachen sie auf, die 24 Pilger, in Sneem, begleitet von einem leichten doch anhaltenden Sprühregen. Nicht, dass es ihnen sonderlich viel ausmachte, denn sie waren ja geschützt, hatten sich vorbereitet auf solch ein Wetter, so dass sie den Marsch wohl halbwegs trocken überstehen würden, und vor allem ihre Sachen, die sie im Rucksack verstaut trugen, denn schließlich will niemand in nassen Kleidern herumlaufen.

Immerhin lagen 20 km Fußmarsch vor ihnen, bis sie ihr nächstes Ziel erreichen sollten, gutgelaunt und mit dem festen Willen sich die gute Laune auch nicht durch das Wetter verderben zu lassen, vor allem nicht durch das Wetter. Wären sie erst in Caherdaniel angekommen, könnten sie sich in einem warmen Zimmer die doch noch auftretenden nassen Stellen trocknen, um dann das Derrynane House, das im Jahre 1702 errichtet wurde und zeitweise der Wohnsitz von Daniel O'Connell war, zu besichtigen. Dieser war Rechtsanwalt und Politiker gewesen. In diesen Funktionen setzte er sich für die Rechte der Katholiken in Irland gegen die herrschende anglikanische Kirche ein, wobei er sich ausschließlich friedlicher und juristischer Mittel bediente. Prophetisch sah er voraus, dass es sonst zu blutigen Ausschreitungen der Unterdrückten kommen würde.

„Ich würde niemals jemanden verachten wegen seiner Herkunft", meinte einer der Pilger.
„Ich würde niemals jemanden ausschließen wegen seines religiösen Bekenntnisses", meinte eine andere Pilgerin.
„Ich würde niemals jemanden gering schätzen wegen seiner Hautfarbe", ergänzte ein weiterer Pilger.
„Ich würde niemanden verurteilen wegen seiner politischen Gesinnung", erklärte eine Pilgerin.
„Ich würde mich niemals von jemandem abwenden wegen seines sozialen Status", meinte ein weiterer Pilger.
„Und ich würde jeden unterstützen, der meine Hilfe braucht, wenn ich es kann", sagte eine Pilgerin mit fester Überzeugung.

Sie waren allesamt gute Menschen, die 24 Pilger, die nichts wussten von Ausgrenzung oder Abwendung.

„Ich verstehe gar nicht wie man so etwas überhaupt tun kann", sinnierte der elfte Pilger, während sie an einem Mann vorbeigingen, der sehr langsam ging. Er war nicht geschützt durch diverse Regenutensilien, so dass seine Kleidung bereits völlig durchnässt war. Seine Haltung war gebeugt, so dass anzunehmen war, dass er bereits ein hohes Alter erreicht hatte, und ein Blick in sein Gesicht bestätigte diese Vermutung.

Dieses Gesicht war von tiefen Rillen durchfurcht, die Haut vom rauen Wetter gegerbt und brüchig. Doch da war noch etwas anderes, was sie dazu verführte Abstand zu halten. Ein ekelerregender Ausschlag überzog seinen Hals, seinen Nacken, seine Hände. Immer langsamer wurde sein Gang, bis er plötzlich in sich zusammensank. Er konnte nicht mehr weitergehen. Und der elfte Pilger wollte sich gerade an dem Mann vorbeistehlen, als die gebrochene Stimme des altes Mannes ertönte.

„Bis jetzt hast Du es nicht verstanden, doch Du tust es gerade", erklärte der alte Mann.
„Was tue ich gerade?", fragte der elfte Pilger irritiert. Manches ist eben nur so dahin gesagt und man vergisst es auch sofort wieder.
„Dass man an jemanden vorbeigeht, der Deine Hilfe braucht", entgegnete der alte Mann.

Beschämt blieb er stehen, der elfte Pilger, und, seinen Ekel überwindend, reichte er dem alten Mann die Hand und half ihm auf. Miteinander versorgten sie ihn, gaben was sie hatten, und

siehe, es genügte um auch ihn für den Rest des Weges vor dem Regen zu schützen.
Bis nach Caherdaniel.
Der elfte Tag.

12. Tag: Hat es denn Sinn?

Von Caherdaniel brachen sie auf, in einen windigen, doch immerhin regenfreien Tag. Langsam machten sich die Anstrengungen der vergangenen Tage bemerkbar bei den 24 Pilgern. Hier und da schmerzte etwas oder die eine oder andere Blase erblühte an den Füßen. Dabei hatten sie noch nicht einmal die Hälfte ihres Weges bewältigt.

„Meine Lieben sind zu Hause und ich bin hier", sinnierte einer der Pilger unvermittelt.
„Es hätte doch noch so vieles zu erledigen gegeben", ergänzte eine Pilgerin.
„Vielleicht hätten sie meine Hilfe gebraucht, jetzt vor Weihnachten", meinte ein anderer Pilger.
„Vielleicht aber auch nicht und sie kommen sehr gut ohne mich zurecht", sagte eine andere Pilgerin nachdenklich.
„Möglicherweise fehlen wir ja gar nicht", mutmaßte ein anderer Pilger.
„Und wenn sie uns nicht vermissen und gut ohne uns zurechtkommen, was hat das Ganze dann für einen Sinn?", fragte unvermittelt die zwölfte Pilgerin.

Wenn wir weggehen und keine Lücke hinterlassen, dann ist es doch, als wären wir nie dagewesen. Für die, die bleiben, geht das Leben weiter. Sie übernehmen eben unsere Verpflichtungen mit, so weit es eben notwendig und unumgänglich ist.

Einfach so geht alles seinen Gang, ruhig und gelassen und ohne Unterbrechung. Als wären wir nie dagewesen.

„Es stimmt mich traurig daran zu denken, dass ich nicht fehle, dass trotzdem alles funktioniert", ergänzte die zwölfte Pilgerin.

Das Leben geht weiter, auch ohne uns, und doch ist es gut so, denn für die, die bleiben, kommt ein neuer Tag und sie haben ihn zu bewältigen, haben ihr Leben weiterzuleben, ganz gleich, ob wir nur für 24 Tage oder für immer weg sind, und es hat auch etwas Entlastendes, wenn wir sagen können, dass die Menschen dennoch in ihren Rhythmus zurückfinden, dennoch glücklich sein können,. Oft übersehen wir das, wenn wir dem Wunsch nachhängen für die anderen unentbehrlich zu sein. Wollen wir denn wirklich, dass sie für den Rest des Lebens unglücklich sind, wenn wir gehen müssen, die Menschen, die wir lieben, die Menschen, die uns nahestehen? Wollen wir die Verantwortung übernehmen für ihr Unglück? Ist unserer Eitelkeit damit geholfen?

„Und doch bin ich auch froh, dass das Leben weitergeht. Es entbindet mich der Sorge und der Verantwortung", meinte die zwölfte Pilgerin.
„Aber hat es dann Sinn hier zu sein?", fragte ein anderer Pilger.
„Hat es denn Sinn woanders zu sein?", ergänzte eine Pilgerin.
„Hat es denn Sinn irgendwo zu sein?", komplettierte ein Pilger.
„Hat es denn Sinn diesen Weg hier zu gehen, irgendwo zu beginnen, in der Fremde, irgendwo zu enden, in der Fremde, um dann wieder heimzukehren?", fragte nun die zwölfte Pilgerin, während ihr Blick in die Ferne ging.

„Es hat genau so viel oder wenig Sinn hier oder woanders zu sein. Es hat keinen Sinn, wenn wir nicht annehmen was der Tag bringt, der Moment. Es hat keinen Sinn, wenn wir nicht sehen. Es hat keinen Sinn, wenn wir das Leben nicht leben, hier oder woanders. Aber es hat Sinn, Sinn zu Hause zu sein und den alltäglichen Verpflichtungen nachzugehen, wenn wir es tun. Es hat Sinn diesen Weg zu gehen, ihn zu erleben, wenn wir ihn gehen, ohne vor uns selbst davonzulaufen. Und es hat Sinn Abschied zu nehmen, ohne darauf zu spekulieren, dass wir fehlen, denn wenn der Sinn im Leben selbst besteht, dann können wir das Von-Außen-

Gebraucht werden ablegen und uns dem Eigentlichen zuwenden."
Der Sinn ist das Leben selbst.
Und der Gedanke hallte nach in den 24 Pilgern und blieb.
Und sie gingen weiter, folgten dem Weg.
Bis nach Waterville.
Der zwölfte Tag.

13. Tag: Außerhalb und doch mitten drinnen

Wieder war ein Morgen und wieder brachen sie auf, diesmal in Waterville, die 24 Pilger, doch etwas hatte sich verändert gegenüber dem gestrigen Tag.

Manches hatte zu schmerzen begonnen. Sie dachten an die Tage und die Kilometer, die sie bereits zu Fuß zurückgelegt hatten, und stellten den Schmerz und die Anstrengungen in den Vordergrund, ließen in groß werden und sie einnehmen, doch an diesem Tag hatte es sich gewandelt. Sie hörten auf über Schmerzen oder Strapazen nachzudenken, sondern tauchten ein in die Bewegung, ließen sich gehen, im wahrsten Sinne des Wortes. Sie merkten, dass es ihrem Körper guttat, die Bewegung, das Atmen und das Sehen, spürten, dass sie eine Gesamtheit waren und die Bewegung des Körpers auch ihre Sinne in Bewegung setzte, ihre Sinne und ihre Gedanken.

Es tat gut zu gehen, immer weiter, den Ausgangspunkt verlassend, hin zu einem Ziel. Es war ein Zeichen, dass sie die Kleinlichkeiten, die bloße Innensicht überwunden hatten, und sich nun vollends der Welt widmen konnten, die sie umgab, ohne sich selbst von ihr abgeschnitten zu sehen, sondern als ein Teil, der überging in das Ganze, und doch seine eigenen Grenzen und Gesetzmäßigkeiten hatte, Teil und doch in sich geschlossen, Teil, und doch nicht sich darin verlierend, sondern trotz der Teilhabe die Eigenheit bewahrend.

Und so erreichten sie am frühen Nachmittag die Ruinen des ehemaligen Priorats St. Michael Ballinskelligs, das dem angrenzenden Ort seinen Namen gegeben hatte. Im 11. Jhdt. war es von Mönchen gegründet worden, doch nun standen nur noch wenige Mauern, Überreste einer Kirche und diversen Wohnbauten, der eine und andere Grabstein. Die Mauern waren mit Efeu überwachsen.

Zuerst war da nur Landschaft. Dann schufen die Mönche Gebäude aus den Steinen, die sie der Landschaft entnahmen, fügten sie zu etwas Neuem, einer Wohnstatt für die Menschen und einer Stätte der Andacht, die wohl allen Menschen offenstand. Etwas Neues war entstanden und mit Leben erfüllt, mit diesem uns manchmal so fremd erscheinenden Leben der Mönche, die ebenso mitten in der Welt waren, Tätigkeiten nachgingen, wie alle anderen Menschen auch, und sich dennoch nicht von der Welt vereinnahmen ließen. Ihre Ausrichtung ging und geht auf etwas Höheres, das sie ausrichtet und gleichzeitig frei macht. Sie leben in der Welt und doch nicht als ihr Sklave, wie so viele von uns.

Und da entdeckten sie, die 24 Pilger, die sich wohl auch auf eine gewisse Weise von der Welt, von ihrer bisherigen, kleinen Welt abgewandt hatten, um sich aufzumachen, um zu gehen, um zu werden, neben den verfallenen Mauern der ehemaligen Kirche einen alten Mann in einer langen braunen Kutte. Die Kapuze hatte er über den Kopf gezogen. Sein Blick ging zunächst auf die Mauern, dann gen Himmel.

„Es ist die Welt, die erstand und vergeht. Es sind diese Mauern, die meine Brüder und ich errichtet haben, und die auch vergehen, der Erde entnommen und wieder zu ihr zurückkehrend. Es sind wir, die geboren werden und wieder sterben, und in dieser Zeitspanne, die wir leben, haben wir uns immer aufs Neue zu entscheiden, ob wir uns aufrichten und wieder einnehmen lassen oder ob wir leben ohne uns selbst zu behindern, sondern in der Freiheit sich auszurichten auf etwas, das mehr ist als die kleinlichen Kostbarkeiten, die die Menschen anhäufen um doch nicht glücklich zu sein oder ob wir frei bleiben und uns nach unseren Möglichkeiten ausrichten", erklärte der Mönch sinnend.

„So kann das außerhalb dessen, was wir als normales Leben bezeichnen, auch eine größere Hinwendung bedeuten, ein tieferes Verstehen, gerade weil man sich nicht vereinnahmen lässt. Vielleicht sollten wir alle ein klein wenig mitnehmen von Dir und damit unser eigenes Leben freier gestalten. Wenn wir lernen nicht die Einschränkungen eines mönchischen Lebens zu sehen, sondern die Möglichkeiten zur Freiheit, dann können wir auch annehmen", führte der dreizehnte Pilger aus.
Ein wenig reicher setzten sie ihren Weg fort.
Bis nach Ballinskelligs.
Der dreizehnte Tag.

14. Tag: Land voll Sanftmut

Es war eine Nacht, und die Nacht ging vorüber. Es war ein Tag, und forderte sie auf aufzubrechen, die 24 Pilger, als der vierzehnte Tag ihrer Reise anbrach.

Über Nacht hatte es geschneit, doch die Luft war mild und der Schnee ließ die Landschaft noch ein wenig sanfter erscheinen. Sanft waren die Hügel und der Weg, der sich dazwischen schlängelte und dem sie folgten, wogegen die schroffen Felsen einen eigentümlichen Kontrast bildeten. Das Klima und die Landschaften verlangten den Menschen, die hier lebten, viel ab, aber doch war da auch immer die Sanftmut, die das Land bedeckte wie jetzt die dünne Schneedecke, über die sie ihren Weg fortsetzten.

Sie waren an diesem Tag die ersten, die den Weg einschlugen, denn vor ihnen war der Schnee noch unberührt, bis sie ihre Fußabdrücke darauf hinterließen, die sich sofort wieder mit Schneekristallen füllten. Es würde nicht mehr lange dauern, bis sie nicht mehr zu sehen wären, und so wie der Mensch seinen Weg durch das Leben zieht und seine Fußabdrücke hinterlässt, eine kleine Weile, bevor sie wieder überlagert und vergessen werden, so empfanden die 24 Pilger ihr Hier-sein und ihren Gang durch den

Schnee. Die Fußabdrücke waren da und verschwanden wieder. Die Menschen waren da und verschwanden wieder. Neue Fußabdrücke würden kommen und wieder verschwinden. Neue Menschen würden kommen und wieder verschwinden.

Man soll sich nicht an das Gewesene hängen, nicht sein Herz und nicht seine Gedanken, drückten sie darin aus, dass sie ihren Weg begannen und einfach fortsetzten, ohne auf etwas Bleibendes zu bestehen. Es ist nicht notwendig, dass sich dereinst Geschichtswissenschaftler auf ihre Fersen hefteten. Vielleicht macht es noch Sinn für die Menschen, die einem nahestehen, von den Spuren zu erzählen, für die, die diesen Weg auch gehen wollen. Doch selbst diese sollen nicht überladen werden mit Informationen, sondern den Weg als ihr Erleben annehmen und ausführen können. Niemand geht den denselben Weg, selbst wenn viele Menschen den gleichen gehen.

Hart schlug die Gischt gegen die schroffen Felswände.

Sanft waren die Hügel und das Land.

Rundherum war die Insel von Wasser umgeben, das sich immer wieder näherte und wieder ebenso wieder entfernte. Es kam nahe und ging. Es wollte nicht erobern. Nur langsam hinterließ es seine Spuren im Fels, schliff ab, brach heraus, und änderte seine Form. Letztlich war auch dieser Ansturm sanft und nicht besitzergreifend. Nach und nach und mit unendlicher Geduld vollführte es die Veränderungen.

„Und wenn wir auf den anderen wirken wollen, so sanft und bleibend, nicht mit roher Gewalt", meinte die vierzehnte Pilgerin, und ihr Blick verlor sich in der Landschaft, den Hügeln und dem Meer und den Felsen.

„Sanft ist das Leben, wenn wir den Weg gehen und uns einlassen und es annehmen, mit dem Gleichbleibenden und dem sich Verändernden, wenn wir uns treu bleiben, indem wir wachsen, bleiben, indem wir uns entwickeln und das sich uns Offenbarende annehmen und weiterschenken.

Immer ist der Mensch wie ein Durchgang, der zu einem Du führen soll. Nichts weiter, und doch offenbart sich einzig darin die wahre Menschlichkeit", ergänzte die vierzehnte Pilgerin.

Und die anderen Pilger nahmen ihre Worte an und für wahr.
Und sie setzten ihren Weg fort.
Bis nach Chapeltown.
Der vierzehnte Tag.

15. Tag: Carpe diem!

Vertrautheit verbreitete sich unter den 24 Pilgern. Wenn sie aufbrechen am Morgen, wenn sie ankommen am Abend. Wenn sie aufstehen, gemeinsam frühstücken und sich zerstreuen um zu packen, das Gebrauchte in den Rucksäcken zu verstauen und sich zusammenzufinden.

Vertrautheit schenkt Sicherheit. Sie wissen, dass sie ankommen, wenn sie losgehen, und sie wissen, dass sie wieder losgehen werden, wenn sie ankommen, bis sie ihr Ziel erreicht haben.

Tag um Tag, die sie miteinander verbracht hatten, brachten sie einander näher und wiesen auf Schranken, die bleiben, bleiben sollen. Und in eben jene Vertrautheit tauchten sie ein, als sie sich an diesem Morgen auf den Weg machten, aufbrachen in Chapeltown, hinein in einen neuen Tag, in ein neues Erleben.

Und der Weg führte sie weg von der Insel, auf der Chapeltown liegt, führt sie über das Meer und den Weg am Meer entlang. Und sie ließen sich ein auf die Landschaft, auf das sich öffnende um sie und in ihnen.

Da bogen sie um eine Ecke, als ihnen eine Frau den Weg versperrte, eine mürrisch dreinblickende, verhärmt wirkende Frau. Sie nahm den fünfzehnten Pilger ins Visier.

„Was hast Du getan, heute?", fragte sie unwirsch.
„Ich bin gegangen", antwortete er.
„Und was hast Du gestern getan?", fragte sie weiter.
„Ich bin gegangen", antwortete er gleichlautend.
„Und was hast Du vorgestern getan?", fragte sie nochmals.
„Ich bin gegangen, und um Dir die Mühe zu ersparen, die Tage davor bin ich auch gegangen. Wir befinden uns auf einem Pilgerweg, den wir in 24 Tagen bewältigen", erklärte er nun, ein wenig ungeduldig werdend.
„Du hast also nichts anderes getan als zu gehen, einfach so, von einem Ort zum anderen, wo Du weder in dem einen noch in dem anderen Ort etwas zu tun hast, einfach so, weil es Dir eben gerade eingefallen ist und weil Du offenbar nichts Besseres zu tun hast", meinte die Frau nun, und es schien, als würde ihre Stimme lauter und ihr Ton immer herrischer.
„Vielleicht gäbe es das eine oder andere, was ich zu tun hätte, was ich hinter mir ließ und nun nicht erledigt wird, weil ich nicht da bin", gab er kleinlaut zu, der fünfzehnte Pilger.
„Hast Du denn vergessen, dass jeder Tag, jede Stunde, da man seine Pflichten vergisst oder vernachlässigt, ein verlorener Tag, eine

verlorene Stunde ist. Doch all diese Tage und Stunden sind uns geschenkt worden, doch nicht um sie zu verschleudern, sondern sie so gut wie möglich zu nutzen. Sie zu verschwenden ist Sünde. Und Du tust allen Ernstes nichts weiter als hier in der Gegend herumzulaufen, ohne Sinn und Verstand. Und die Arbeit bleibt anderen. Und die Verantwortung bleibt anderen. Schäm Dich!", erklärte sie ihm, und es wirkte, denn schuldbewusst ließ er die Schultern sinken, den Blick verschämt dem Boden zugewandt. Doch mit einem Mal richtete er sich auf, ließ die Last sinken, die sie versuchte ihm aufzubürden und sah ihr direkt in die Augen.

„Nein, es ist Sünde sich von seinem eigenen Leben entfremden zu lassen, durch eine Arbeit, die einen nichts angeht, durch eine Verantwortung, die man sich auflasten lässt, obwohl es nicht die eigene ist. Es ist Sünde sein Leben in die Entfremdung zu stellen, nur weil es sich angeblich so gehört. Wenn ich hier gehe, so habe ich ein konkretes Ziel, wenn ich mich einlasse auf ein Miteinander und auf mich Selbst, auf die Welt, wie sie sich mir zeigt und einen Schritt nach draußen mache, um mehr zu erkennen, mehr zu erfahren, so ist es dem, der mir all die Tage und Stunden schenkt wohlgefällig. Dann werden wir befreit zu einem lebendigen Leben. Das ist alles, nichts weiter, und doch so viel, viel mehr, als manchmal

möglich scheint", entgegnete der fünfzehnte Pilger, den Blick erhoben, so dass die Frau langsam verschwand, und er begriff, es war sein eigenes Gewissen gewesen, und er hatte es überwunden, hatte sich befreit zum Leben.
Und sie setzten ihren Weg fort.
Bis nach Caherciveen.
Der fünfzehnte Tag.

16. Tag: In der Hand zu haben

Das Wetter war ihnen gewogen, auch an diesem Tag, den 24 Pilgern. Leicht schneite es, doch es tat gut, die frische Luft und die Brandung und das Miteinander. Sich sammeln, innerlich und äußerlich, um bereit zu sein, loszugehen, in Caherciveen, Abschied zu nehmen von einem Ort, den man gerad erreicht hat, um das nächste Ziel zu erreichen.

Und sie gingen den Weg, so wie die Tage davor, indem sie ihn gingen. Vielleicht schweiften die Gedanken manchmal ab, in die Ferne, an den Platz, an dem sie normalerweise zu Hause waren, zu den Menschen, die sie liebten, und wohl auch vermissten. Viellicht entkamen ihre Gedanken in die Vergangenheit, Schönes und Trauriges wiederbelebend, doch im Endeffekt einfach Unabänderliches, obwohl unsere Erinnerungen immer Korrekturen anbringen, wohl auch ohne, dass wir es merken. Letztlich biegen wir uns unsere Geschichte immer ein wenig zurecht. Zumeist ist es gut, dass wir es tun, denn es schützt, dämpft Spitzen und lässt Freuden in den leuchtendsten Farben erstrahlen.

Allzu oft ist es allerdings einfach nur ein Betrug, wo wir Menschen besser erscheinen lassen, als sie wirklich sind, einfach, weil wir sie nicht vor den Kopf stoßen wollen, nicht einmal in Gedanken.

Vielleicht entschwinden die Gedanken auch in eine Zukunft, in der sie wieder zu Hause sein würden, um von dem Erleben zu erzählen, sehen sich das Gesehene vor anderen auszubreiten.

Doch halt, wie soll das möglich sein, wenn man nicht im Erleben im Moment bleibt, denn nur im Bleiben kann Erleben geschehen, nur im Bleiben geschieht Annahme, können wir uns beeindrucken lassen, und der Eindruck ist wie ein Mal.

So gingen sie, indem sie im Gehen blieben, sahen, indem sie im Sehen blieben und nahmen wahr, indem sie in der Wahrnehmung blieben, so dass sie weder voraus eilten in ein Noch-nicht, aber auch nicht zurückfielen in ein Nicht-mehr. So menschlich plausibel es auch scheinen mag, nichts kann das Bleiben ersetzen, denn nur darin liegt Lebendigkeit.

Am Anfang des Zuges ging sie, die sechzehnte Pilgerin. Immer und immer wieder sah sie auf den Plan. Zuerst war es so, dass sie ihn umständlich aus dem Rucksack kramte, einen Blick darauf warf, um ihn dann wieder einzupacken, um ihn doch, kaum wenige Minuten später, wieder hervorzusuchen, sich wieder darin zu vertiefen. Irgendwann war ihr das ständige Ein- und Auspacken doch lästig geworden, so dass sie ihn in der Hand behielt, immer wieder unter ihrem Regenschutz verbergend, damit der leichte Schneefall der Karte nichts anhaben konnte.

„Warum siehst Du immer wieder auf die Karte?", wurde sie unvermittelt gefragt.
„Weil ich mir den Weg nicht aus der Hand nehmen lassen will. Weil ich mein Leben und mein Gehen in der Hand haben will. Weil ich immer wissen muss wo ich bin", erklärte die sechzehnte Pilgerin, und ihr Blick hatte etwas Gehetztes, indem er kurz über die Landschaft schweifte, um dann wieder zur Karte zurückzukehren, um genau den Punkt auszumachen, an dem sie sich gerade befanden.
„Aber wenn Du Dich loslässt verlierst Du doch deshalb Deine Ausrichtung nicht?", wurde ihr entgegengehalten.
„Doch, wenn ich die Karte weggebe, dann weiß ich nach ein paar Schritten nicht mehr wo ich bin. Ich kann nicht mehr ermessen wie weit wir schon weg sind von unserem Ausgangspunkt und wie weit es noch sein wird bis wir unser Ziel erreichen. Dann wird mir mein Leben unwiederbringlich verloren geben. Ich muss es

fest in der Hand behalten", sagte die sechzehnte Pilgerin und klammerte sich um sehr an ihrer Karte fest.

„Wir sind weggegangen und folgen dem Weg, und der Weg wird uns zu unserem Ziel führen, ganz gleich wie weit es noch ist oder wie weit wir schon gegangen sind. Doch wenn Du die Karte weg- und die vollständige Übersicht aus der Hand gibst, dann kannst Du Dich einlassen, auf das was sich Dir eröffnet, auf den Weg, auf das Gehen und das Sehen. Wenn Du die Karte weggibst, dann kannst Du Dich anvertrauen", wurde ihr erklärt.

„Aber ich fühle mich dann verloren. Wir alle sind verloren, wenn ich es nicht in der Hand habe. Ich kann nicht loslassen", erklärte die sechzehnte Pilgerin.

„Dann versuch es doch einmal", wurde ihr nahegelegt.

Und sie versuchte es, die sechzehnte Pilgerin, gab die Karte ab. Mit einem Mal fiel die ganze Last der Verantwortung von ihren Schultern ab, die sie sich ohne Veranlassung aufgebürdet hatte. Und die Leichtigkeit des Lebens nahm sie ein, Heiterkeit und Freude. Weil sie wieder konnte, Gehen und im Gehen bleiben, Sehen und im Sehen bleiben.

Bis nach Kells.

Der sechzehnte Tag.

17. Tag: Ich gebe Dich frei

Was zählten Tage? Was zählten Stunden? Inmitten der sanften Landschaft, umgeben vom Brausen des Ozeans, eins mit sich und dem Leben und der Umgebung, gingen die Stunden ohne sie zählen zu müssen, gingen die Tage ohne sie in einem Kalender notieren zu müssen.

Die Sonne ging auf und wieder unter, wie es so kommt, zum rechten Zeitpunkt, doch es brauchte keine Maßeinheit dazu. Es geschah. Es geschah unausweichlich und folgerichtig und erwartungsgemäß. Es war wie es war. Und wenn der Tag begann, so begann er. Und wenn er endete, so endete er. Es gab nicht viel darüber nachzudenken, nur Annahme zu sein. So kam auch dieser Morgen des siebzehnten Tages, da sie aufbrauchen, die 24 Pilger in Kells, da sie ihren Weg fortsetzten, und es war um die Mitte der Tagesstrecke, da sie Rast machten, ein wenig zu verweilen, das Gehen einstellten, um zu jausnen oder einfach nur auszuruhen, bevor sie den Weg fortsetzten.

Ein wenig abseits der anderen, setzte sich der siebzehnte Pilger auf einen Stein, alleine, und doch schien er eine Last mit sich zu tragen, oder besser, mit sich zu führen, denn es war wie ein zweiter Schatten, der den eigenen verdoppelte.

Und als er aufstand, um sich den anderen anzuschließen, da ging der Schatten mit ihm. War der schon immer da gewesen? Und wenn, warum hatte niemand es bemerkt? Vielleicht hatte er auch erst jetzt solche Ausmaße angenommen. Und dann plötzlich lösten sich die Schatten vom siebzehnten Pilger und nahmen Gestalt an.

„Warum kannst Du uns nicht gehen lassen?", fragten sie ihn unisono, während die Weiten sich links und rechts erstreckten, die Weite des Landes und die Weite des Meeres.
„Weil ich Verantwortung übernommen habe für Euch", erklärte der siebzehnte Pilger fast grimmig.
„Aber wir haben uns aus Deinem Leben verabschiedet, Damit hast Du keine Verantwortung mehr. Du hast die Verantwortung für Dein Leben, und so lange Du uns nicht gehen lässt, können weder wir noch Du frei sein", versuchten sie ihm zu erklären.
„Aber wenn ich Euch gehen lasse, dann war meine Liebe niemals echt, dann ist das Verrat an Euch und an mir", blieb er hartnäckig.
„Du verrätst das Leben, wenn Du nicht Abschied nehmen kannst. Du hast kein Auge, keine Freiheit zu sehen und das Neue anzunehmen, weil Dich das Vergangene allzu sehr belastet. Wenn Du uns freigibst, so gibst Du Dich frei, zu

einem Leben, zu dem wir Dich schon längst freigegeben haben. Nur Du selbst stehst Dir mehr im Weg", erwiderten sie, und der siebzehnte Pilger verharrte in der Bewegung. Es war als wäre ein Lichtstrahl hervorgetreten, der vorher nicht da war, eine Aussicht bezeichnend, die vorher nicht da war.
„Aber bin ich dann nicht ganz allein?", fragte er, schwankend und unentschlossen.
„Nein, Du wirst nicht allein sein. Lass es zu. Lass Dich ein", forderten sie ihn auf. Nach und nach nahm er die Gestalten in den Blick, ganz genau, und nach und nach gingen die Gestalten von ihm weg, und sein Schatten war wieder ein normaler Schatten, so wie bei jedem anderen auch, und er sah ihnen nach, bis sie am Horizont verschwunden waren. Dann wandte er sich den anderen Pilgern zu. Tränen liefen ihm über die Wangen, als hätte er jeden einzelnen dieser Abschiede, die vielleicht in Wahrheit schon viele Jahre zurück lagen, erst jetzt wirklich vollzogen. Und der Abschied schmerzte, doch gleichzeitig trat ein Lächeln auf seine Lippen.
„Frei gegeben zu mir selbst", sagte er sinnend, „ Doch nun fühle ich mich frei."
Und sie setzten ihren Weg fort.
Bis nach Glenbeigh.
Der siebzehnte Tag.

18. Tag: Besitz macht unfrei

Eine Reise zu unternehmen ist weit mehr, als eine bloße, physische Ortsveränderung durchzuführen. Wir gehen hinaus aus dem Bekannten und Verlässlichen, in das Unbekannte und Fremde. Wir lassen die Bequemlichkeit des Gewohnten hinter uns und begeben uns in die Unabschätzbarkeit.

Was wird mich erwarten?
Was wird mit mir geschehen?

Die Veränderung bewirkt etwas in uns, etwas, das wir nicht vorwegnehmen, nicht planen können. Es geschieht, beinahe ohne unser Zutun. Vielleicht fühlen wir uns verletzlicher und schließen den Panzer um uns zu. Vielleicht sind wir auch guter Dinge und einfach voller Neugierde und Offenheit, wie Kinder, die völlig unvoreingenommen auf das Unbekannte zugehen, weil sie noch keine schlechten Erfahrungen gemacht haben. Doch wenn die Jahre vergehen und der Schmerz in unserem Hause ward, dann werden wir vorsichtig, misstrauisch. Dann versuchen wir auch in die Fremde ein Stück Vertrautheit zu bringen, an die wir uns klammern können.

Und sie ließen los, zumindest die meisten von ihnen, als sie an diesem Morgen aufbrachen in Glenbeigh, die 24 Pilger, und gingen den Weg, der sie zum nächsten Ziel bringen würde.

„Ganz fest möchte ich es halten, denn es gehört mir", erklärte die achtzehnte Pilgerin, während sie die Hände, zu Fäusten geballt, weiterging. „Ich habe, was ich zum Leben brauche. Ein Bett, ein Haus, einen Kamin und genug zu Essen. Aber das Leben besteht doch nicht nur aus dem Heute. Was nützt es mir letztendlich, wenn ich für heute genug habe? Denn es kommt ein neuer Tag, an dem ich wieder Essen brauche und Heizmaterial. Aber ich habe auch genug für den nächsten Tag, denn ich habe vorgesorgt, so gut, dass ich den Rest meines Lebens weder hungern noch frieren muss, dass ich mir alles leisten kann, was ich will. Und ich halte es fest. Wenn ich jetzt weggehe, dann nehme ich eine Erinnerung mit, die mir gehört, und die mich wärmt, an langen einsamen Abenden, denn mir ist niemand geblieben, nur das was ich habe. Die Menschen kommen und gehen. Auf sie ist kein Verlass, aber der Besitz, der geht nicht einfach weg, wenn man ihn einmal hat. Der bleibt. Der ist treu und lässt einen niemals im Stich. Deshalb halte ich die Dinge fest. Ich will nicht noch einmal enttäuscht werden. Ich will mich nie wieder einlassen auf die, die mich wieder verlassen können, sondern nur auf das, was mir gehört", erklärte sie weiters, die achtzehnte Pilgerin, während sie die Fäuste noch mehr ballte, die Finger zusammenpresste, dass die Knöchel weiß hervortraten und alles Blut und alle Wärme daraus wich, als wollte sie es eher zerdrücken als festhalten, was sich in diesen Händen befand. Niemand wagte sie anzusprechen, denn in ihrem Blick stand die Leere, während sie von der Fülle sprach. Da trat ein kleines Mädchen auf sie zu. Ihr Blick suchte den der achtzehnten Pilgerin, doch es war als würde diese durch das kleine Mädchen hindurchsehen. Aber das Mädchen ließ sich davon nicht abschrecken. Entschlossen ergriff es die Hände der achtzehnten Pilgerin und öffnete diese. Und siehe, die Hände waren leer.

„Deine Hände sind doch leer", lachte das Mädchen hell auf, „Du sagst, Du hast so viel, und dann sind Deine Hände leer."
„Nein, nein, das sind sie nicht. Ich habe es eben nicht wirklich in den Händen, sondern es ist gut verwahrt, das was ich besitze, aber ich besitze es", erklärte die achtzehnte Pilgerin.
„Nicht Du besitzt, sondern es besitzt Dich. Deshalb hast Du auch die Hände geballt, zu Fäusten", meinte das Mädchen, während sie ihre kleinen Hände in die der Pilgerin legte und sie

hielt. Ganz sacht schlossen sich ihre Finger um die des Mädchens.
„Du hast recht, erst wenn ich die Hände öffne, kann ich empfangen, was doch so naheliegend und so einfach ist. Was ich nicht besitzen und erwerben kann, sondern was mir geschenkt wird und mich wirklich reich macht", erkannte die achtzehnte Pilgerin.
Und sie setzten ihren Weg fort.
Bis nach Killorglin.
Der achtzehnte Tag.

19. Tag: Alles hat seine Zeit

Am neunzehnten Tag ließen sie, die 24 Pilger, Killorglin hinter sich und machte sich auf den Weg nach Castlemaine.

Eine milde Wärme umstreifte sie und es tat gut zu gehen, immer weiter und weiter. Jeder für sich hatte seinen Rhythmus gefunden, der sich doch wieder zu einem Gesamten fand. Manche gingen lieber vorne weg, um ab und an länger verweilen zu können. Andere wiederum blieben lieber am Ende des Zuges, um gleichmäßig voranzugehen. Und immer wieder wechselte das vorne und hinten und in der Mitte. Es geschah ganz natürlich, beinahe organisch, ohne dass ein Wort darüber verloren wurde.

Manchmal ist es notwendig viele Worte zu machen, um immer noch nicht sicher zu sein, ob man verstanden wurde, und manchmal ist kein einziges Wort getan worden, und das Verstehen ist trotzdem gegeben. So wie in dieser Gruppe, die mittlerweile zu einem festen Miteinander gediehen war.

„Alles braucht seine Zeit, vom ersten Keimen bis zum Erblühen", sagte eine der Pilger.
„Alles hat seine Zeit, die zu Säen, zu Wachsen und zu Ernten", erklärte ein anderer Pilger.

„Nichts sollte zur Unzeit getan werden, denn dann wird es nicht gelingen", meinte eine weitere der Pilger.

Und da waren zwei Männer, die sich ihnen anschlossen, ein alter und ein junger Mann. Einer ward zur Linken und der andere zur Rechten des neunzehnten Pilgers.

„Du hast meine Erwartungen nicht erfüllt", sagte der neunzehnte Pilger zum jungen Mann an seiner Seite.
„Es ist leicht Dich zu enttäuschen, doch Du wolltest zu früh zu viel von mir. Mir fehlten noch die Kraft, die Lebenserfahrung und wohl auch die Einsicht in die Notwendigkeit. Du hast mich überfordert, und als Du sahst, dass ich es nicht schaffte, hast Du Dich enttäuscht von mir abgewandt, obwohl es Dir ein Leichtes gewesen wäre mir zu helfen oder mir die Möglichkeit zu geben zu warten, bis er käme, der richtige Zeitpunkt", erklärte der junge Mann zur Linken.
„Es hieß, Du solltest endlich erwachsen werden, solltest Dein Leben selbst in die Hand nehmen. In Deinem Alter, hieß es, wäre man normalerweise schon so weit, dass man das schaffte, denn andere würden es schließlich auch schaffen", entgegnete der neunzehnte Pilger, und die Schuld lastete schwer auf ihm.

„Aber Du hättest es sehen müssen, ich bin nicht andere und Du bist nicht andere. Du hättest nur mich verstehen müssen, nichts weiter. Stattdessen hast Du Dich an dem ausgerichtet, was andere für richtig hielten, auch für Dich", meinte der junge Mann, und in seinen Augen war von der Trauer zu lesen über die vertane Zeit.
„Denn es war nicht die richtige Zeit", ergänzte der neunzehnte Pilger.
„Es ist leicht Dich zu enttäuschen, doch Du wolltest mir nichts mehr zutrauen. Als die Zeit reif war, ließt Du mich warten, hießt mich die Hände in den Schoß zu legen, als würde damit auch die Zeit die Hände in den Schoß legen und nicht weitergehen, so dass es für mich nichts mehr zu tun gab, nichts mehr was Du mir zutrautest", meinte der alte Mann zu seiner Rechten.
„Es war schon zu spät. Ich spürte, dass es für Dich schon zu spät war und ich daran nichts mehr ändern könnte. So ließ ich Dich, an dem Platz, an dem Du saßt, und übergab Dir keine Aufgaben mehr und auch keine Chance", erklärte der neunzehnte Pilger.
„Dabei hätte es so viele Möglichkeiten gegeben. Du hättest sie gesehen, wenn Du acht gehabt hättest, wenn Du das Zutrauen gefunden hättest, zu mir und auch zu Dir", meinte der alte Mann,

und in seinen Augen war von der Hoffnung zu lesen, die er einmal in sich trug.
„Ich werde auf die Zeichen der Zeit achten und sie nicht weiter übersehen", erklärte der neunzehnte Pilger voll Überzeugung.
Und der junge Mann zu seiner Linken verschmolz mit dem neunzehnten Pilger.
Und der alte Mann zu seiner Rechten verschmolz mit dem neunzehnten Pilger.
Und sie setzten ihren Weg fort.
Bis nach Castlemaine.
Der neunzehnte Tag.

20. Tag: Hab acht auf Deine Worte

Nur noch wenige Tage lagen vor ihnen, nur noch wenige Gelegenheiten aufzubrechen.

Was dann sein würde?

Das tat nun nichts zur Sache. Es war jetzt und es galt zu bleiben. So ließen sie Castlemaine hinter sich und folgten dem Weg und während sie vorwärts gingen war es ihnen, als wäre die zwanzigste Pilgerin nicht mehr bei ihnen. Sie war wohl noch körperlich anwesend, aber ihre Gedanken schienen ganz weit weg zu sein, ihre Gedanken und ihr Herz.

„Ich hätte es nicht sagen dürfen", murmelte die zwanzigste Pilgerin vor sich hin, kaum hörbar, aber es war wie ein Mantra, immer und immer wiederholte sie es, aber es änderte nichts. Automatisch wurden die Menschen um sie herum leiser, denn sie wollten verstehen was sie sagte, wollten sie zurückholen in das Hier und Jetzt. Aber dazu brauchten sie einen Anhaltspunkt, dass sie da wäre. Nach und nach verstummten alle, und es war, als wären alle in ihren Bann gezogen.

„Es ist lange her, sehr, sehr lange. Viele Jahre sind seither vergangen, und ich habe wohl auch während all dieser Zeit nicht mehr daran gedacht", begann sie unvermittelt zu erzählen, die zwanzigste Pilgerin, während alle um sie atemlos lauschten, „Es war mir wahrscheinlich auch gar nicht bewusst geworden. Es war doch nur so dahin gesagt, nur, dass ich meine Tochter verloren hatte, damals. Und sie war gerade mal fünf Jahre alt. Aus mir hatten der Ärger und die Wut, die Enttäuschung und die Zurückweisung gesprochen. Wohl war es auch eine schwere Zeit für mich, aber das ist alles keine Entschuldigung für das, was ich zu ihr sagte. Tief muss es sich eingegraben haben in ihre kleine Kinderseele, die ich doch hätte schützen sollen. Ich bildete mir immer große Stücke darauf ein, dass ich sie niemals geschlagen hatte, nicht einmal war mir die Hand ausgerutscht, wie es so schön heißt, und doch, ich habe damals viel mehr getan. Meine Worte bohrten sich wohl wie ein Messer, ein imaginäres Messer in ihr Herz, und ich hatte es nicht einmal richtig wahrgenommen, nur, dass sie von mir fortging, das habe ich gemerkt, denn dieses imaginäre Messer hat wohl auch das Band zwischen uns zerschnitten, unwiderruflich. Und ich, ich habe es noch nicht einmal richtig wahrgenommen. Ich fragte sie, immer und immer wieder, was denn los sei, doch sie schüttelte nur verschämt und traurig den Kopf, weil sie es wohl nicht vermochte, das zu wiederholen, nicht einmal mir einen Vorwurf zu machen. Und jetzt, jetzt ist es mir wieder eingefallen, was all die Jahre zwischen uns stand." Wiederum hielt sie inne, die zwanzigste Pilgerin, und wiederum wagte niemand sie aus ihren Gedanken zu reißen.

„Ich wünschte, ich hätte Dich niemals geboren", sagte sie unvermittelt, die zwanzigste Pilgerin, und der Klang ihrer Worte hing wie ein Schwert über ihnen, hallte nach.

„Das habe ich zu ihr gesagt. Dabei war sie doch das Beste in meinem Leben. Wie hatte ich es nur fertiggebracht so etwas auch nur zu denken, geschweige denn zu sagen", fuhr sie fort, voll Selbstanklage.
„Hab acht auf Deine Worte. Sie können nicht mehr zurückgenommen werden", wagte nun doch jemand zu entgegnen „Aber Du kannst sie umfangen mit Deinem Wohlwollen und das Verzeihen ermöglichen."

Und so führte das Erkennen der Schuld zu einer Botschaft, die wiederum zu einem Verzeihen führte, Mutter und Tochter wieder einander näher brachte. Vielleicht würde es noch lange dauern, bis der Schrecken des Gesagten mit der Wärme und der Liebe derart umspannt sein würden, dass ein Kokon daraus entstand, der wiederum eine Wandlung zum Schmetterling

beherbergte. Doch der Anfang war getan, und
die zwanzigste Pilgerin kehrte wieder zurück ins
Miteinander, ins Hier und Jetzt.
Und sie setzten ihren Weg fort.
Bis nach Inch.
Der zwanzigste Tag.

21. Tag: Die vielen Gesichter der Freude

So viele Tage waren sie nun schon miteinander gegangen, die 24 Pilger, hatten Ziele erreicht und sie wieder verlassen, hatten erkannt und sich bekannt, hatten nicht nur das Hier und Jetzt durchschritten, sondern auch ihr Leben und ihre Welt, die doch immer mit ihnen kam, ganz gleich wohin sie gingen, denn es ist das Bisher, das unser Jetzt formt und es klingen lässt. Auch wenn das Gewesene vergangen ist, so ist das, was es mit uns macht deshalb noch lange nicht unabänderlich. Immer wieder können wir uns neu entscheiden wie diese Auswirkungen auf uns aussehen, ob es uns Helle oder ins Dunkle leitet.

„Ich freue mich am Morgen aufzustehen, vom Schlaf in einen neuen Tag entlassen. Das ist meine Freude", sagte der erste Pilger.
„Ich freue mich am Morgen die Sonne aufgehen zu sehen und damit einen neuen Tag und das Licht zu begrüßen. Das ist meine Freude", ergänzte die zweite Pilgerin.
„Ich freue mich kurz innezuhalten, am Morgen und die Offenheit des neuen Tages zu sehen. Das ist meine Freude", meinte der dritte Pilger.
„Ich freue mich, wenn ich Pläne habe für diesen neuen Tag, dass ich ein Ziel zu erreichen

vermag. Das ist meine Freude", fuhr die vierte Pilgerin fort.

„Ich freue mich zwischen den geplanten auch ungeplante Ereignisse erleben zu können, die vielleicht zu einem Ziel führen, das ich nicht gesehen hatte. Das ist meine Freude", sagte der fünfte Pilger.

„Ich freue mich, das Frühstück zu bereiten und für die Menschen da zu sein, die ich liebe. Das ist meine Freude", ergänzte die sechste Pilgerin.

„Ich freue mich, jeden Tag die Welt neu zu erfahren und Neues, bisher Unbekanntes zu entdecken. Das ist meine Freude", meinte der siebte Pilger.

„Ich freue mich, wenn ich aufstehe und keine Schmerzen habe und ich mich entfalten kann, ohne Einschränkung. Das ist meine Freude", fuhr die achte Pilgerin fort.

„Ich freue mich, wenn ich sehe, dass alles normal und geregelt abläuft und nichts die Normalität unterbricht. Das ist meine Freude", sagte der neunte Pilger.

„Ich freue mich, wenn die Menschen um mich glücklich sind. Das ist meine Freude", ergänzte die zehnte Pilgerin.

„Ich freue mich, wenn die Sonne scheint und ich mich in ihren Strahlen wärmen kann. Das ist meine Freude", meinte der elfte Pilger.

„Ich freue mich über den Regen, der die Frucht der Erde nährt und gedeihen lässt und die Luft

so klar und frisch macht. Das ist meine Freude", fuhr die zwölfte Pilgerin fort.
„Ich freue mich über den Frühling, wenn alles neu erblüht und das Leben neu erwacht. Das ist meine Freude", sagte der dreizehnte Pilger.
„Ich freue mich über den Sommer, wenn die Frucht reift und das Leben sich weiter schenkt. Das ist meine Freude", fuhr die vierzehnte Pilgerin fort.
„Ich freue mich, wenn im Herbst die Ernte eingebracht wird und wir die Gaben der Erde genießen können. Das ist meine Freude", meinte der fünfzehnte Pilger.
„Ich freue mich, wenn die Menschen im Winter näher zusammenrücken und nicht nur der Kamin sie wärmt. Das ist meine Freude", ergänzte die sechzehnte Pilgerin.
„Ich freue mich, wenn der Abend kommt und wieder Ruhe einkehrt. Das ist meine Freude", sagte der siebzehnte Pilger.
„Ich freue mich, wenn das Tagewerk beendet ist und die Ruhe wiederkehrt. Das ist meine Freude", fuhr die achtzehnte Pilgerin fort.
„Ich freue mich, wenn ich mich geborgen fühlen kann in der Begegnung mit Dir. Das ist meine Freude", meinte der neunzehnte Pilger.
„Ich freue mich, wenn ich mich in Dich erweitern darf und Du in mir einen Ort der Ankunft findest. Das ist meine Freude", ergänzte die zwanzigste Pilgerin.

„Ich freue mich, Dir bleibend, offen und vertrauensvoll zu begegnen. Das ist meine Freude", sagte der einundzwanzigst Pilger.
„Ich freue mich, im Hier und Jetzt zu verweilen. Das ist meine Freude", fuhr die zweiundzwanzigste Pilgerin fort.
„Ich freue mich über das Erleben des Moments, den Weg den wir gehen. Das ist meine Freude", meinte der dreiundzwanzigste Pilger.
„Ich freue mich der Freude, die wir miteinander teilen und die wir uns schenken. Das ist meine Freude", fügte die vierundzwanzigste Pilgerin hinzu.
Und so nahmen sie die Freude mit, und sie setzten den Weg fort.
Bis nach Lispole.
Der einundzwanzigste Tag.

22. Tag: Das Glück, das uns zuteil wird

Immer wieder begann es von vorne, immer wieder endete es, alles an einem Tag, für die 24 Pilger. Ankunft und Abreise, Begrüßung und Abschied, immer an einem Tag, so wie es sich im Leben auch immer wieder aufs Neue ereignet.

Wenn wir nicht ankommen, können wir nicht wieder abreisen, und wenn wir nicht abreisen, können wir nicht mehr ankommen. Wir erleben den Schmerz nicht, wenn wir nicht abreisen, den Schmerz des Abschieds. Aber wir können auch kein Glück finden, das Glück des Ankommens und der Begrüßung.

Manchmal neigen wir dazu dem Glück aus dem Weg zu gehen, weil wir eigentlich dem Schmerz aus dem Weg gehen wollen, aber wie wäre ein Glück möglich, fassbar, erlebbar, das sich immer gleich dahinzieht. Nur sehr wenige Menschen haben die Gabe das Glück als solches zu ertragen, ein Glück, das sich immer und immer gleich bleibt, ohne Veränderung, einfach als immer dasselbe Glück. Denn irgendwann nehmen wir es nicht mehr wahr, zumindest nicht als Glück, sondern als einen Zustand, der eben immer ist. Erst wenn sich etwas ändert, wenn ein Schmerz, eine Traurigkeit dazwischendrängt, dann wissen wir es plötzlich, dass das wohl das Glück war.

Und so brachen sie auf in Lispole an diesem Morgen, und es war, als hätte sich das Wetter entschieden sich von seiner schlechtesten Seite zu zeigen. Wild wirbelte der Schnee um sie herum. Ja, es schneite nicht nur einfach, sondern auch ein Sturm hatte es sich erhoben. Doch sie ließen sich nicht beirren, sondern begannen den Weg zu gehen, den sie sich für diesen Tag vorgenommen hatten. Wohl waren es nur vierzehn Kilometer, eine Entfernung, die unter normalen Umständen leicht zu bewältigen gewesen wäre, doch sie kämpften permanent an, gegen Schnee und Wind. Es wurde immer schwerer den Weg auszumachen, immer schwerer nicht abzukommen und die Orientierung zu verlieren, doch sie gingen weiter, unbeirrt.

„Lasst es uns so machen", schlug die zweiundzwanzigste Pilgerin vor, „Wir wechseln uns ab. Immer geht ein anderer voran, so lange, bis sich sein Blick verliert und er den Weg nicht mehr zu finden vermag, wenn seine Augen müde sind, dann übernimmt jemand anderer die Vorhut, dessen Augen mittlerweile ausgeruht sind und den Weg zu sehen vermag, und so werden wir es gemeinsam schaffen und die schlechten Bedingungen bewältigen."

Und so machten sie es. Es war immer ein anderer, der die Verantwortung der Führung übernahm. So gelang es ihnen tatsächlich wohlbehalten anzukommen.

„Es ist das Glück im Miteinander, das wir erleben dürfen", meinte die zweiundzwanzigste Pilgerin, „Wer das Verlassen kennt, wer weiß wie das ist, wenn man im Stich gelassen wurde und völlig auf sich allein gestellt ist, so dass man sich durch die Stürme des Lebens kämpfen muss, ohne auch nur einen Moment verschnaufen oder rasten zu können, dann weiß man, was für ein großes Glück es ist, wenn man diese Last aufteilen kann und die Verantwortung auf mehr als auf zwei Schultern verteilt ist. Und es ist ein Glück nach solch einem Tagesmarsch ein warmes Zimmer und warmes Wasser vorzufinden."
Und so waren sie den Weg gegangen.
Bis nach Ventry.
Der zweiundzwanzigste Tag.

23. Tag: Wie ein Sonnenstrahl durch die Wolken ...

Der Sturm und der Schneefall hatten sich fortgesetzt, die ganze Nacht hindurch, und es ließ auch nicht nach, als sie sich am nächsten Morgen sammelten.

Es war wie eine unausgesprochene Frage, die plötzlich zwischen ihnen stand. Sollten sie es wirklich nochmals auf sich nehmen, die 24 Pilger? Sicher, sie hatten bewiesen, dass sie es gemeinsam schafften, wenn sie wollten und einander halfen, aber auch auf diesem Weg, hatte es sie viel Kraft gekostet, und die Erschöpfung steckte noch in ihren Gliedern. So saßen sie beim Frühstück. Die Gespräche waren gedämpfter als sonst, weil sie sich schon draußen sahen, ausgeliefert den ungezähmten Kräften der Natur. Dennoch sprach es niemand laut aus.

So nahe waren sie ihrem Ziel, und doch wirkte es durch den Schneefall sehr viel weiter weg, unerreichbar weit weg. Sollten sie es nicht ganz bleiben lassen? Schließlich zwang sie ja niemand dazu. Hier zu enden wäre keine ehrlose Sache gewesen, denn sie hätten zumindest den Großteil bewältigt.

„Der Weg ist das Ziel", merkte einer der Pilger an, mitten in ihre Überlegungen hinein.
„Aber ohne Ziel gäbe es keine Veranlassung einen Weg zu beginnen", erklärte der dreiundzwanzigste Pilger, „Und wir haben ein Ziel. Wollen wir uns wirklich so leicht davon abbringen lassen?"

Er sagte es zwar, aber wenn er an den gestrigen Marsch dachte, so wusste er selbst nur allzu gut, dass von einem leicht abbringen keine Rede sein konnte. Doch wo war ihr Vertrauen geblieben? Wo war ihre Zuversicht? Konnte es denn wirklich sein, dass sie sich diese durch einen einzigen widrigen Tag nehmen ließen?

„Zweiundzwanzig Tage sind wir miteinander gereist. Zweiundzwanzig Tagesmärsche, mal kürzer, mal länger, mal unter besseren, mal unter schlechteren Bedingungen, haben wir mittlerweile hinter uns gebracht, und immer blieb die Freude in unseren Herzen, die Aussicht und die Zuversicht. Und jetzt, jetzt stellt sich uns das Wetter in den Weg, und schon denken wir daran aufzugeben? Schon denken wir daran, es einfach bleiben zu lassen? Vielleicht ist es einfach die letzte Herausforderung, die wir zu bewältigen haben, die uns zeigen wird, dass wir Vertrauen haben, auch in die Möglichkeit, dass sich die Umstände wieder zum Guten wenden", erklärte der dreiundzwanzigste Pilger, und sie ließen seine Worte auf sich wirken, und sie bewirkten etwas in ihnen, so dass sie sich erhoben, sich anzogen und sammelten, so wie an jedem Morgen und hinaus traten ins Freie, hinein in den Sturm und den Schnee, und vielleicht war es nur eine Täuschung, aber es war ihnen tatsächlich, als hätte der Sturm ein wenig nachgelassen.

Ohne ein weiteres Wort darüber zu verlieren, wechselten sie sich wieder ab, an der Spitze und bei der Übernahme der Verantwortung, so dass sie den Weg nicht verloren. Tapfer schritten sie vorwärts, und tatsächlich wurde der Sturm mit der Zeit schwächer, bis er sich ganz legte, tatsächlich ließ auch der Schneefall nach, bis er ganz aufhörte, und kurz bevor sie ihr Ziel erreichten, brach ein zarter Lichtstreifen durch die Wolken.

„Und so wie die Sonne die Wolken teilt, so teilt die Hoffnung unsere Zweifel, bis sie sie ganz und gar überstrahlt und wir erfüllt von ihr sind. Es war eine Herausforderung, und wir haben uns ihr gestellt. Es waren widrige Umstände, aber wir haben uns nicht entmutigen lassen", erklärte der dreiundzwanzigste Pilger lächelnd.
Und während die Sonne sich immer mehr zeigte, die Wolken sich immer weiter zurückzogen, bis

ein strahlend blauer Himmel blieb, setzten sie ihren Weg fort.
Bis nach Ballydavid.
Der dreiundzwanzigste Tag.

24. Tag: Wunder geschehen

Es war der letzte Aufbruch an diesem Morgen, der letzte Aufbruch der 24 Pilger, hinein in eine geplante Ungewissheit. Natürlich, sie wollten von Ballydavid zum Mount Brandon, wollten den Berg ersteigen, und doch wussten sie nicht, was sie erwarten würde. Verheißungsvoll war ihr Aufbruch an diesem Morgen, verheißungsvoll der Ausblick aus dem Berg.

Übersichtlich lag der Weg vor ihnen, und sie traten ihn an, mit dem Blick nach vorne. Die letzten Tage, die sie miteinander gegangen waren, darauf brauchten sie nicht zurücksehen, denn sie trugen es in sich, trugen das Geschehene, das Erlebte, das Gesehene als Veränderung in sich.

Eine Erfahrung ist niemals hintergehbar. Es ist wie mit dem Mann, der völlig überraschend in einen kalten See gestoßen wird. Zuerst der Schreck, dann das Gefühl der Kälte und dann der Moment, da er aus dem Wasser gezogen wird – niemals mehr wird er sagen können, dass er noch nie ins Wasser gestoßen wurde, aber auch nicht, wie gut es ist helfende Hände zu erfahren. Nie wieder wird er es vergessen. Auch die Pilger werden nicht vergessen, denn sie waren andere, als sie starteten.

Die Reise im Miteinander hatte etwas gemacht mit ihnen. Bald würden sie zurückkehren. Doch sie nahmen das Erleben mit.

Ruhig und gedankenverloren gingen sie den Weg voran, gingen sie zunächst einen geraden Weg. Langsam erhob er sich, wurde steiler, führte an Klippen und kleinen Seen entlang immer weiter hinauf. Ihre Sicht war durch den Berg begrenzt. Es mutete an, als würde nichts mehr kommen, dahinter, weil sie es nicht sehen konnten und weil wir allzu sehr unseren Sinnen vertrauen.

Was wir nicht sehen ist auch nicht da.
Was wir nicht angreifen können, können wir nicht verifizieren.
Und wo wir nicht dabei waren, das kann nicht geschehen sein, denken wir.

„Und das Wort ist Fleisch geworden", heißt es, doch es ist nicht möglich. Also ist es nicht geschehen. Du kannst nur daran glauben, aber das heißt doch nichts. Glauben, Aberglauben. Nichts ist bewiesen, so dass alles im Ungewissen bleibt. Aber das Wort ist Fleisch geworden, und das jeden Tag aufs Neue. Wir setzen Leben mit unseren Worten, wenn wir es wollen, oder den Tod. Wir erfahren das Fleisch gewordene Wort.

„Ein Kind ist uns geboren worden", heißt es. Eine Ankunft der ganz anderen Art, des Unbekannten und völlig Neuen. Eine Geburt bedeutet die Ankunft eines Menschen, den es vorher nicht gegeben hat, und in dieser Einzigartigkeit nie mehr geben wird.

„Du bist da", heißt es, als das einzig wahre Wort, das Willkommen heißt. Annahme und Staunen vor dem größten Wunder, das es gibt, vor Dir. Wäre der Mensch es nicht wert, dann hätte es genügt, alle Menschen völlig gleich zu machen, unterschiedslos, aber jeder einzelne von uns wurde mit dem Ur-Namen angesprochen und damit ins Leben gesetzt.

„Du, hast Du zu mir gesagt", sagte die vierundzwanzigste Pilgerin, als sie den Bergkamm erreichten, und sich plötzlich und völlig unvermittelt die Weite vor ihren Augen auftat. Wie ein Wunder mutete es an, dass es plötzlich da war, die Weite des Landes und die Weite des Meeres. Wie klein ist dagegen der Mensch, der nicht weiter als bis zu seiner Nasenspitze sieht. Überwältigt von dem Anblick hielten sie inne.

„Wie ein Wunder an diesem Tag der Ankunft", fasste es die vierundzwanzigste Pilgerin zusammen, „Und doch ist das eigentliche

Wunder, das, das uns aufgeht, wenn wir in die Augen des Du sehen. Wir sagen es und schenken es. Wir erhalten es gesagt und es wird uns geschenkt. Eine Geburt, eine Du-Werdung, die nichts erwartet, als die Annahme. Es liegt in unserem Ermessen anzunehmen. Die Aufforderung ergeht. Immer noch können wir ablehnen, doch so wie wir den Ausblick in die Weite bestaunen, so, ja umso mehr, bestaunen wir die Unendlichkeit, die sich uns im Auge des Du eröffnet. An diesem Tag einer Ankunft, an diesem Tag, an dem das Du unter uns tritt, nicht indem es uns überrollt, sondern in all der Hilflosigkeit und dem Ausgeliefertsein, das dem Du in seiner Bedürftigkeit anhaftet, einer Bedürftigkeit, für die es sich liebend entscheidet, um uns eine Entscheidung zu ermöglichen."

Und es war der Moment, da sie sich des Miteinander bewusst wurden, im Angesicht des Wunders der Du-Werdung an jenem Tag, hier am Gipfel des Mount Brandon wie an jedem anderen Ort der Erde.

Was uns wirklich glücklich macht, das ist dieser Blick in die Unendlichkeit des Du, die Eröffnung unserer selbst auf die Unendlichkeit hin, mitten im Leben, mitten in der Normalität.
Bis zu jener Ankunft.

Adventbegleiter:

Adventreise ins Miteinander

Das Feuer prasselt sanft und wärmend im Kamin, während draußen, dort vor dem Fenster, der Winter mit aller Strenge herrscht, und gedämpft nur ein wenig von der Sanftheit der Nacht. Ich lade Dich ein, Dich hier zu mir auf die Couch zu setzen, lade Dich ein mit mir eine Reise durch den Advent zu machen, von zwei Einsamkeiten zu einem Miteinander. Willst Du mitkommen auf diese Reise? Willst Du mir folgen in meine Bilder? Nun, dann lass Dich los, und ich entführe Dich in meine Gedanken, in meine Wünsche und Träume, in meinen Advent, und vielleicht findet sich ja die eine oder andere Gemeinsamkeit, Bilder, in denen auch Du Dich wiederfinden kannst. Advent – es gibt so viele verschiedene Arten anzukommen und willkommen zu heißen, so viele verschiedene Wege zueinander und zu sich zu finden. Ich möchte bei Dir ankommen und Dir Ankunft sein. Doch siehe meine Geschichte und höre meine Bilder.

24 Geschichten für jeden Tag des Advent.

ISBN-13: 978-1502348234

Maria und Joseph: Adventgeschichten

Maria, eine katholische Religionslehrerin, und Joseph, ein evangelischer Pastor ziehen in einen kleinen Ort. Ein wenig eigen sind sie schon, denn sie besitzen weder Auto noch Fernseher. Dementsprechend skeptisch sind die Leute zunächst, doch es gelingt ihnen, je an ihrem Ort ihres Wirkens, den Menschen helfend und befördernd zu begegnen.

24 Adventtage – 24 Geschichten, in denen gezeigt werden wird, wie Gemeinschaft gelingen kann, und dass es manchmal auch notwendig ist Mut zu beweisen. Geschichten, mitten aus dem Leben gegriffen, wie sie allerorts geschehen können, nachdenklich und lebensnah. Gelingen ist keine Zauberei, sondern geschieht im Umgang miteinander, im Hören, Annehmen und Verstehen.

ISBN-10: 1502343274
ISBN-13: 978-1502343277